田野的風

前只有堅決的誓語，不應當做無力的哭泣

蔣光慈 著

「炊煙隨著牧歌的聲浪而慢慢地飛騰起來，
彷彿是從土地中所發泄出來的偉大的怨氣一樣，
那怨氣一年復一年地，一日復一日地，總是毫無聲息地消散於廣漠的太空裡。」
悲苦的生命，交織了對於革命的追尋
農民階級意識的覺醒，如野火般燎原在舊封建之間

目 錄

一

這鄉間依舊是舊日的鄉間。

靠著山丘，傍著河灣，零星散布著的小的茅屋，大的村莊，在金黃色的夕陽光輝中，依舊是沒有改變一年以前的形象。炊煙隨著牧歌的聲浪而慢慢地飛騰起來，彷彿是從土地中所發泄出來的偉大的怨氣一樣，那怨氣一年復一年地，一日復一日地，總是毫無聲息地消散於廣漠的太空裡。烏鴉成群地翱翔著，叫鳴著，宛然如報告黃昏的到臨，或是留戀那夕陽的西落。那樹林葳蕤的處所，隱隱地露出一座樓閣的屋頂，那景象彷彿是這鄉間的聖地，而在它周圍的這些小的茅屋，大的村莊，不過是窮苦的窩巢而已。

一切都仍舊，一切都沒有改變……

但是，這鄉間又不是舊日的鄉間了。

在什麼隱隱的深處，開始潛流著不穩的水浪。在偶爾的，最近差不多是尋常居民的談話中，飛動著一些生疏的，然而同時又是使大家感覺得異常興趣的字句：「革命軍」……「減租」……「土地革命」……「打倒土豪劣紳」……這些字句是從離此鄉間不遠的城市中帶來的，在那裡聽說快要到來革命軍，或者革命軍已經到來了。

年老的鄉人們聽到了這些消息，也很對之注意，然而是別種想法：革命？為什麼要革命？世道又大變了！……年輕的鄉人們卻與他們的前輩正相反。這些消息好像有什麼魔力也似的，使他們不但暗暗地活躍起來，而且很迫切地希望著，似乎他們將要從「革命軍」的身上得到一些什麼東西，又似乎他們快要赴歡娛的席筵，在這席筵上，他們將痛痛快快地卸下自己肩上的歷年積著的重擔，而暢飲那一種為他們所渴望的、然而為他們所尚不知道是什麼滋味的美酒。

他們，年輕的人們，相互地詢問道：

「快了罷？」

「快了，快要到了。……」

從問話的人的口中冒出「快了罷？」幾個字來，這可聽得出他是怎樣熱烈地希望著那一種所謂「快了」的東西。從回答者的口中冒出「快要到了……」的聲音，令人又可感覺到他是在怎樣地得意。大家說完了話，或是在繼續的談話中，如果談話的場所是在田野裡，那他們便免不了地要向那樹林葳蕤的處所，那高聳的樓房的屋頂默默地望著，或是很帶仇意地溜幾眼。

在那裡住著這一鄉間的主人，這一鄉間的田地大半都是屬於他的。在不久以前，鄉人們，這其間年輕的當然也在內，經過那一座偉大的樓房的旁邊時，總不禁都要起一種羨慕而敬佩的心情：「住著這一種房子才是有福氣的，才不愧為人一世呵！……」但是在這一年來，這種心情逐漸地減少了，好像有

一種什麼力在主宰著也似的。尤其是在最近，青年人的心理變化得異常的快，對於那座巍然的樓房不但不加敬慕，而且仇恨了。他們在田野間所受著的風雨的欺凌，在家庭中所過著的窮苦的生活，彷彿這些，他們很模糊地意識到，都是不公道的，不合理的，而這些罪源都是來自那樹林葳蕤的處所……

在最近的半月內：自從礦工張進德回到鄉間之後，這一種不穩的空氣更加激盪了。他隨身帶回來一些新的思想、新的言語，在青年們中間偷偷地傳布著，大部分的青年們都受了他的鼓動。他所說的一切，就好像興奮的藥劑一樣，把青年們都興奮起來了。他說，現在是革命的時代了，農民們應當起來……他說，地主的，例如李敬齋的錢財，田地，都是農民為他掙出來的，現在農民應當將自己的東西收回轉來……這是一種如何駭人聽聞的思想！然而青年們卻慶幸地將它接受了。

青年們知道張進德是一個誠實而精明強幹的人，對於他都懷著敬意。半年以前，當他從礦山回裡看他的病了的母親的時候，他還是一個很沒有什麼驚奇的思想的礦工，向青年們所敘訴著的，也不過是一些瑣碎的關於礦山上的事。但是在這一次的回來，他差不多變成別一個人了。在一般青年的眼光中，他簡直是「百事通」，他簡直是他們的唯一的指導者。青年們感覺得自己的眼睛、自己的心，在此以前被一種什麼東西所矇蔽住了，而現在他，張進德，忽然將這一種矇蔽的障幕揭去了，使著他們開始照著別種樣子看待世界，思想著他們眼前的事物。

他們宛然如夢醒了一樣，突然看清了這世界是不合理的世界，
而他們的生活應當變成為別一種的生活。

二

張進德是一個沒有家室的人。曾有過一個衰老的母親，他是很愛她而且是很孝順她的。然而不幸她於他最後一次的回裡時死去了。自從母親死去了之後，這鄉間已經沒有什麼東西可以牽得住張進德的一顆心了，── 在這鄉間他不但沒有房屋，沒有田地，以及其它什麼財產，而且連一個親人都沒有了。這鄉間的景物也很美麗，這鄉間的居民也很樸實，然而張進德已經不再留戀它們了，決定在城市中或在礦山上，永遠地過著那種群眾的工人的生活。那生活並不舒適，所受的壓迫和痛苦，並不較農民的生活稍為減低，但不知為什麼，他總覺得那生活較為有趣。在母親死去之後，他依舊回到礦山去，打算不再回到這鄉間了。

他整整地過了四年的礦工的生活，在他最後一次（這是半年前的事情）回來看望病了的母親，母親終於在他的悲哀中死了，而他又重新回到礦山以前，他的勞動的生活很平靜，因之也從來沒有過什麼特異的思想。做工吃飯，這是窮人的本分，他從沒曾想到自己本分以外的事。不料他回到礦山不久，工人們便鬧起增加工資的風潮，而他在這一次的風潮中，莫名其妙地被推為罷工的委員。於是他的生活，接連著他的思想也就從此變

動起來了，他遇見了不知來自何處的革命黨人，他們的宣傳使他變換了觀看世界的眼睛……

在此以前，他以為這座礦山是給窮人們以生活的工具的，沒有了這座礦山，便沒有了幾千個人的飯碗。現在他明白了，工人們從這座礦山所得到的很微末，而他們的血汗，盡為資本家所汲取去了，並沒有得到十分之一的代價。他很會思想，於是他思想到工人生活的困苦，礦山上一切情形的黑暗……最後他思想道，這世界是不公平的，應有改造一改造的必要，而他，張進德，應如為他所認識的革命黨人一樣，努力做這種改造的工作。

他漸漸變成了礦工的領袖……公司方面對於他的仇恨，和著工人們對於他的擁護，同時增加起來。不久，在半月以前，他在礦山上宣傳革命軍快要到來了，而他們，礦工們，應當趕快起來改良自己的生活……公司方面聽到了這種危險的消息，便溝通了當地的駐防的軍隊，決意將他捉到，以至於處死。因此，他不得已又逃回到自己的鄉間了。

鄉間差不多還是半年前的鄉間，可是張進德卻完全不是半年前的張進德了。半年前的張進德所能告訴鄉人的，不過是些礦山上的瑣事，半年後的張進德卻帶回來了一些無形的炸藥。無聲的巨炮，震動了這鄉間的僻靜的生活。自從他回到鄉間之後，一般青年的農民得到了一個指導者，因之，他們的心已經不似先前的平靜，而他們的眼睛變得更為清明……

　　張進德住在他的表姐夫吳長興的家裡。吳長興是窮苦的佃農，當然容不了張進德的吃白飯，而張進德也就沒想到要連累他的窮苦的表姐夫，—— 他不過是在他家借一塊地方寄宿而已。雖然兩間低小而陰濕的茅房，並不是寄宿的佳所，然而這對於張進德已經是很幸運了，他究竟還不致於睡在露天地裡。

　　當他從礦山逃跑的時候，朋友們捐助了一點款子，所以他現在吃飯並不成問題，而且也並不急於要找工作。他明白他這次的回鄉，雖然是不得已的事，但是他想，他的任務是在於「改造」，無論走到什麼地方，他都應當不要忘記了這個……

　　這鄉間究與他有密切的因緣，而且在這一次的回裡，這鄉間突然引起了張進德的趣味。在半年以前，當他離開它的時候，他決定不再留戀它了，因為在這裡已經沒有了使他留戀的東西。那時他只覺得它僻靜，沒有趣味，抵不得那城市或礦山的生活。但是現在呢？對於張進德，這鄉間的面目改變了。矮小的茅屋，農民們的困苦的生活……以前他覺得很平常，因之，也就從沒想過這些現象是不合理的，可是現在他卻覺得了：這是不合理的現象，所以也就有「改造」的必要！……於是他決心將自己的思想向一般年輕的農民們宣傳，而對於年老的農民們，他以為他們的腦筋太腐敗了，不大容易新鮮起來。

　　他的宣傳得到了效果。青年們都漸漸地蠕動起來了。每一個人的腦筋裡都開始活躍著一種思想：

　　「現在是時候了，我們應當幹起來！……」

三

「快要到了罷？」

「聽說是快要到了。」

「⋯⋯⋯⋯」

然而革命軍並沒有如一般人的期望那樣很快地就到來了。一直到了昨日的下午，革命軍到來了的消息，才由進城賣柴的劉二麻子很確實地說出來。

劉二麻子是在鄉間做散工的，有工作的時候，他為人做工，沒有人找他的時候，他便打柴到城裡去賣。一則因為很年輕，二則因為生活很艱難，總想藉著什麼方法鬆一鬆，所以他也就很熱心地希望著革命軍的到來，雖然那「革命軍」的能不能給他以好處還是問題。

也許是因為奔跑，也許是因為太興奮了，他臉上的麻子今天特別紅得發亮。凡是在路中遇著他的人，一定都要驚異到他那種不尋常的得意神情。不知者或者以為他在城中得了寶物回來，或者是將柴賣得多了幾倍的錢，或者因為他久想娶老婆娶不到手，而今天忽然得到了一個未婚妻⋯⋯

其實都不是，原因是在於他今天在城裡親眼看見革命軍的到來了。在路中每逢遇見一個相熟的人，不問對方願意聽與

否，他便叨叨不憚煩瑣地將革命軍的形狀描寫一番：他們帶著什麼樣式的帽子，穿著什麼顏色的軍服，甚至於說到有一個軍官的口上生了一顆黑痣……

「現在好了。革命軍到了，我們窮人們不愁得不到好處。」這是他向人報告完了後的結論。

這一種歡欣的，為鄉人們所久待著的消息，即刻傳遍了全鄉間，鼓動了每一個人的心。尤其是青年人一聽到了這種消息，發生了無限的慶幸。在太陽還未落土的時候，在東山的腳下，聚了五六個青年，有的手中持著鍬鋤，有的手中持著扁擔，有的空著手，—— 他們開始談論起關於革命軍到來了的事情。他們的外貌不相同，他們的服飾也不一樣，然而他們同具著一顆熱烈的，年輕的心，同懷著歡欣的希望，同有著自由的要求。在金黃色的夕陽的光輝之下，他們的面孔上同閃動著一種愉快的波紋……

「現在我們應當怎麼辦呢？」

他們之中有一個生著圓圓的面孔，兩眼炯炯有光的這樣向其餘的同伴們發問。

「真的，我們應當怎麼辦呢？」

別的一個生著黃頭髮，扁鼻子，沒有大門牙的這樣搔起後腦袋說。

一時的默然。

夕陽愈擴大自己的金黃的輪廓，眼見著即刻就要隱蔽起來

它的形影。夜幕快要展開了。從山那邊傳來了抑揚的牧童的晚歌……

「怎麼辦？」最後，坐在草地上，抱著曲起來了的雙腿的一個青年開始說話了。他的名字叫做王貴才，生得身體很短小，人家都稱呼他為王矮子，可是他的為人很能幹，差不多是這一般青年們的領袖。只要他一張小口，轉動一下秀長而放著光的眼睛，青年們便要集中注意力而聽他的話了。「我看，還是去找張進德去，看他怎麼樣說。這消息不知道他已經知道了沒有？我們一定要去和他商量一下。」

王貴才說著立起身來了。大家很機械地隨從著他的動作……

這時夕陽已經消逝了金影。村莊，樹林，河流……漸漸為迷濛的夜幕的暗影所吞食去了。在廣漠深藍色的天空裡，開始閃耀著星光，而在靜寂的土地上，也同時開始現出來幾家微小的燈火。

青年們在路中一起唱著山歌，一起想著關於革命軍的事情……在年輕的心靈裡，活動著光明的，希望的波浪。當他們走到吳長興的門口時，張進德已經和著吳長興夫婦兩個向桌子坐下吃起晚飯來了。廚房和食堂是聯在一起的，甚至於張進德的寢室也在這同一的一間房裡。五六個年輕的客人，當然不能在這間房子裡都尋著坐位。一半進入了門內，一半不得已只好留在門外，因為那吃飯的桌子差不多是攔門放著的。

張進德看見他們走來，一面態度很沉靜，一面立起身來，

放下飯碗，很親熱地招呼他們。吳長興的老婆，一個具著窮苦面相的中年的農婦，坐著沒動，而他的丈夫隨著張進德默然立起，也沒有什麼表情。

青年們很興奮地報告了來意。一切的視線都集中到張進德面孔上，急切地等待著從他的口中所溜出來的話語。聽了青年們的報告之後，吳長興的老婆的窮苦面相上，似乎隱隱地起了一層歡欣的波紋，而在黝黑的，沉鬱的吳長興的面容上，似乎也有點放起光來。一個是因為聽說革命軍是主張男女平等的，丈夫不能打老婆；一個是因為聽說革命軍要解放農民，從此以後可以不交租了……丈夫有丈夫的想頭，老婆有老婆的希望。

在張進德的面孔上，並沒有看出什麼特別的歡欣的痕跡來。他並沒有即刻答覆青年們向他所提出的問題：「怎麼辦呢？」……他低下頭來沉吟了一回，復舉起放著銳敏的光的兩隻圓大的眼睛，向青年們很鎮靜地說道：

「這件事情，我不能即刻就答覆你們。我打算明天到城裡去看看情形，回來之後，我才能告訴你們怎麼辦。」

青年們聽了張進德的話，似乎都很失望地低下頭來，然而大家都懷著同一的信念：既然張進德這樣說，那就應當聽他的話……

在微細的閃耀著的星光下，青年們摸著漆黑的，然而為他們所熟悉的鄉間的小路，各自走回自己的茅屋去了。

在遙相應和的山歌的聲中，零亂地起了嗥嗥的犬吠的聲音。

四

　　王貴才快要走到自己的家門口了。一路中他幻想著一些關於革命的事情……但是他的思想如激盪著的波浪一樣，並沒有清晰的條紋。他最恨的，因之也就是他要藉著「革命」來打倒的，是和他家對面相住著的，那一座樓房的主人。那是他的東家，同時也就是他的仇人，因為由他的勞苦所製造出來的稻穀，被迫著送給那個一動也不動的主人用，而所謂主人，李敬齋這老東西，反來很惡毒地幾次鞭打過他的和順的毫無罪過的父親。他呢，當然也挨過不少次的罵……現在，他想道，是革命的時候了，因之，也就是窮人出頭的時候了，媽媽的，老子要出一出氣！……

　　他想了許許多多對付「這老東西」的方法，他想，頂好將他拖到水田裡，鞭打著他照牛一般地拖著犁靶耕地……當他想像著李敬齋拖著犁靶耕地的那一種狼狽的情形，他不禁很得意地笑將起來了。不料就在這個當兒他忘了形，一不當心就噗通一聲掉到水池子裡去了。幸而水池子裡邊的水還不深，他即刻爬到陸地上來了，可是渾身衣服全濕透，變成一個水淋淋的落水雞。季候是在春天，他的血很旺，並不覺得十分的寒冷；雖然心中有點懊喪，但是當他重新想像起來那種拖著犁靶耕地的情

形，又不禁覺得好生暢快起來了。

當他回到家裡的時候，家人們已經老早地吃過晚飯了。父親和母親在桌子旁邊對坐著，談論著一些什麼關於青菜和雞蛋的事情，而年輕的妹妹低著頭在洋油燈的燈光下，細心地縫著什麼衣服。恰好在王貴才跨進門限的當兒，他聽到母親的一聲帶著焦慮的話語：

「貴才也不知到什麼地方去了，還不回來！」

母親首先看見了貴才。在老太婆的面孔上，同時緊張著歡欣和恐怖的神情。她驚慌地，急促地迎將上來，問道：

「你，你是怎麼了？怎麼弄成了這個樣子？跌到水裡去了嗎？」

「媽，沒有什麼，我不當心，跌到水池子裡去了。毛姑快將衣服拿出來給我換……」

毛姑聽了這話，即刻放下針線，毫不怠慢走向內房裡為哥哥拿衣服去了。駝著背的，口中含著一根長旱煙袋的父親，一言不語地走到貴才的身邊來，將貴才的形狀打量了一番，很感慨地說道：

「這麼樣的一個大人，也不是兩三歲的小孩子，怎麼會跌到水池裡去！你看你有什麼用！」

父親的話好像一桶冷水一般，將王貴才的渾身熱度都澆下去了。他只是向父親望著，沒有回答他所說的話。看見父親的駝背的後影，不禁忽然消逝了由父親的話而生的氣憤，另外動

了一種憐憫的心情：

「這背是活活地被苦累所壓駝了！在這上面也不知駝著多少重的負擔……」

想到此地，他又忽然想到自己的命運，想到革命的事情……

「不，我不能夠再這樣了！我不願意再這樣了！為什麼我們要受苦？為什麼吃苦的是我們，而享福的是別人？為什麼我們風裡雨裡所耕種出的稻米要送給別人，而自己反來吃不飽肚子？……老哥，這樣是太不公平了！」

「不過，」他又繼續想道，不顧到妹妹已經將衣服拿來，而母親在旁邊催促了幾次。「父親是太老了，腦子裡裝不進新的一些想頭。吃了李敬齋無數次的打罵，他總不敢反抗一聲，好像是應該的樣子。他說我沒有用處，其實他才沒有用處呢。父親呵，我不能夠再像你一樣了！……」

「趕快去將衣服換掉罷，老呆站著幹什麼？」母親又重新這樣地催促他。他本打算照著母親的話做去，可是他感覺得，如果在他未將今天的消息報告給家人們知道之前，他是不能安心去換衣服的。身上固然有點寒冷，但是這寒冷總壓不下他心上的熱度。於是他不管他的父親願意聽聞與否，向他得意地說道：

「爸，你知道革命軍已經到了城裡嗎？」

這時重新坐下，口中繼續吸著旱煙袋的父親，聽了貴才的話，慢慢地將旱煙袋從口中拿開，一點不感動地說道：

「革命軍來了又怎樣？我們守我們的本分要緊，絕不要去瞎鬧。什麼革命不革命，不是我們種田人的事情。」

「爸！革命軍主張減租呢。主張……土地革命……減租……於我們有好處。我們應當……」

不待貴才說完，父親豎起來了兩只不大發光的眼睛，怒著說道：

「我看你發了瘋！什麼革命土地，土地革命！這是我們種田人的事情嗎？你當心點！如果我知道你和他們胡鬧，不守本分……」

待別人很溫和，待自己的兒子卻很嚴厲的父親，現在又動起怒來了。母親見著形勢可怕，連忙將貴才拖到內房裡去換衣服去了。貴才見著父親的動怒，並沒有發生什麼惡感，反之，更向他起了一種憐憫的心情：真的，他是太老了，吃苦吃得慣了！受了敵人的欺壓，而反來以為是應該的事，生怕放了一個不恭敬的屁，這不是很可憐嗎？

「不，爸！」王貴才一面換衣服，一面想道，「你是太可憐了！你簡直不懂得！我們要革命，我們一定要革命！……」

五

在平常的時候，老人家王榮發的就寢，總是要在家人們都就寢了之後。在未就寢之前，他總是要在屋前屋後繞幾個圈子，看看有沒有什麼可疑的形跡，聽聽有沒有什麼令人要注意的聲息。然後昂頭望一望天上的星兒是稠還是稀，如果是月夜的時候，那月亮是否發了暈，有沒有風雨的徵兆。

今晚他忽然很早地就向床上躺下了。老太婆依著自己的經驗，知道這種事情是僅僅當他有什麼氣憤的時候才會有的。如果她不當心要去追問他，那必定要更增加他的氣憤。老太婆並沒曾多受過他的丈夫的打罵，然而當她一見著丈夫的氣憤的面容，她便一聲也不敢響了。她知道今晚貴才的話觸犯了他，但是貴才今晚所說的話：什麼減租，什麼土地……什麼革命……到底是什麼意思，為什麼能夠觸犯了他，她簡直不能明白。當她的丈夫在床上翻來覆去的時候，也就是她老農婦的腦筋百思莫解的時候。

在王榮發的一生的生活中，今晚可算是一個特殊的例外了。他雖然將自己的兒子申斥了一頓，而貴才雖然並沒說出一句反抗父親的話，但是不知為什麼，他的枯寂了的腦海卻陡然地起了不安的浪潮。他的一顆老了的心也似乎被一種什麼東西

所刺動了。他不禁異常地苦惱起來，想將適才貴才所說的話忘記掉，然而不知為什麼總不能夠。他感覺得他毫無疑義地碰到什麼了。但是碰到了什麼呢？……

在做農民，到現在已經做老了的生活史中，王榮發從沒想過要改變自己的命運。也許在什麼時候，在窮困得沒有出路而即要走入絕境的時候，例如前年天旱，租金繳不出來，而被東家李敬齋差了夥計捉去打罵的那一次，王榮發曾想過要將自己的命運改變一下，但因為尋不出改變的方法，也就忍著所難忍的痛苦，將自己的希望消逝下去了。他將這些都委託之於未為他所見過的萬能的菩薩。他想，也許他生前造了孽，也許他家的墳山不好，也許他的「八字」生來就是受苦的命……世事都有一定的因果，他哪裡能變成例外呢？大家都說李家老樓的風水好，他想，可見得李大老爺有福氣，可見得他有做我們東家的命……世事都不是沒有來由的呵。……於是他很恭順地做了東家的順民，從沒曾起過什麼反叛的，不平的心情。

對於他，這種田的有種田的命，做老爺的有做老爺的命。田地是東家的，佃戶應當守著納租的本分。從前他是這樣想，現在他還是這樣想。但是現在的時代不同了：張進德不是這樣想了，吳長興不是這樣想了，賣柴的劉二麻子也不是這樣想了，甚至於王榮發自己的兒子也不是這樣想了。全鄉間的青年們似乎完全變成了別一輩人，他們口中說著為老年人所不說的話，想著一些為老年人所不敢想的思想。似乎一切都變了。

從什麼地方來了這種反常的，混亂的現象呢？……王榮發不能明白到底是一回什麼事。只是嘆息著「世道日非，人心不古」而已。

張進德將一些反叛的思想告訴了鄉間的青年們，而王貴才又照樣地告訴了他的父親。可是他的父親始而不明白是什麼一回事，繼而當他有點明白了的時候，他簡直陷落到恐怖的深淵裡去了。他，王榮發，雖然活了五十多歲，雖然比他的兒子多吃了幾十年的飯，可是從來沒聽過這些「違背天理」的思想。田地是東家的，為什麼要把它奪來？李大老爺無論怎樣地不好，可是究竟他是東家，亙古以來，哪裡有佃戶打倒地主的道理？不，他想，貴才是發了瘋，中了魔，忘記了窮人的本分……

為著這個問題，王榮發也不知警戒了自己的兒子許多次。他命令他不準與張進德接近。有一次張進德因為什麼事情到過他的家裡，可是他很冷淡地招待他，並指責出他的思想的不合理……張進德具著一種牢不可破的觀念：「老人家沒有辦法，只好隨他去！」所以也就沒和老人家爭辯。

今晚又為著這個問題鬧起來了。他很氣憤。他老是不明白他的兒子為著什麼深深地有了這種危險的思想。他恨自己生了這種不馴良的兒子，放著本分不去守，偏偏想著一些什麼土地革命，革命土地……他在床上翻來覆去，不斷地嘆息，弄得睡在床那頭的他的老妻也不能入夢。

但是，別要看老人家對於這種叛逆的思想的恐怖，對於自

己的兒子的憤恨，在一種什麼深處，也許就在那枯老了的骨髓裡，或是心靈裡，總還不時地冒出一點不平靜的浪沫來，使著他本能地感覺到他的兒子的思想，符合著一種什麼到現在還未被人承認的真理。

在氣憤漸漸消逝了的時候，於是他又不禁從別一方面想道：

「也許他的思想是對的，誰曉得！現在的世道是變了。也許這個世界的臉孔要改一改……說起來，我們種田的人也真是太苦了！風裡雨裡，一年四季到頭，沒有快活的日子過……唉，也許貴才是對的，讓他去！……」

春夜是異常地靜寂。躺在床上，向著紙糊著的微小的竹窗望去，王榮發想在那裡尋找到一點什麼東西。當他聽著睡在隔壁竹床上的貴才的隆隆的年輕的鼾聲，隱隱地覺得自己在兒子面前做錯了什麼事也似的。在這一種輕微的羞愧的感覺中，他順著兒子的不斷的鼾聲，也漸漸地走入夢鄉了。

六

當夕陽還未將東山的餘暉收匿起來時，在山腳下的一條彎曲的小徑上，徘徊著一個身著武裝便服，手提一隻皮箱的少年。對於這鄉間，這裝束是異常地生疏，眼見得他是從城裡來的過客。因為行旅的所致，他的面貌很黑瘦，可是從他的兩眼中所放射出來的英銳的光芒，的確令人一見了便會發生一種特異的，也許是敬畏的感覺。當他微笑起來而滿臉似乎都起了活動的波紋時，便又會令人感覺得他的和藹可愛。這鄉間本來是他的故鄉，這鄉間本來是他的生長地，而且這鄉間本來是屬於他的父親的勢力範圍，但是看著他的那種徘徊的模樣，他現在宛然是一個生疏的過客了。

在一年以前，當他和家庭決裂了而離開這個鄉間，那時他決沒有想到會有再回到故鄉的機會。他決心和家庭永遠地脫離關係，這就是說他已不需要家庭了，因此，他也就沒有再回到故鄉的必要。不錯，在這裡，住居著他的親生的父母，然而在最後的一次決裂之後，他承認自己沒有父母了，有的只是自己的仇敵。在別一方面，他想，他的父母當然也不再承認他為兒子了。

現在，他又回到故鄉來了。這故鄉對於他是異常地生疏，

因為他和故鄉已經有了一年多斷絕音信。雖然在表面上，李家老樓，他的原來的家，從這東山角望去，還是昂然地呈現著當年的威嚴，雖然在那一條河流的沿岸上，還零碎地散布著矮小的茅屋，雖然在李家老樓的右首有一里路之遙的幾間茅屋還存在著，但是他不知道那裡的主人是否還在生存，那裡的生活有沒有變更……這些，都使得他感覺得自己是一個生疏的過客。

但是對於一件事情，他具著確定的信念，那就是這李家老樓既然還昂然地呈現著威嚴，從這些矮小的茅屋裡，既然還如當年一樣，冒著一股一股的如怨氣也似的炊煙，這就可見得這鄉間的生活面目沒有改變。而他，李杰，對於這種黑暗的生活曾有過如何的厭惡與仇恨呵！因為這，他離開了故鄉，因為這，他決心不再見自己的父母的面……

在一年以前，他厭惡並仇恨這鄉間的黑暗的生活，並且以為大部分的罪惡，應當落在他父親的身上。但是他那時不知道如何做去才好，他本來是不能將父親刺殺掉呵！……在一年以後的今日，他具著回來改造鄉間生活的決心，他已經知道了「要怎樣做」，而且他更深深地明白了，就是這問題不在於將做惡的父親殺死，而是在於促起農民自身的覺悟。只要農民自身一覺悟了，那還怕鄉間的生活不改變面目嗎！？

眼看天色已經快要黑了。在他的面前經過兩個騎著牛的牧童，他們一邊唱著為李杰什麼時候所熟聽的山歌，一邊側著身子向他很生疏地、詫異地望著。他想將他們喊得停住，問一問

鄉間的情形：李家老樓怎樣了，王榮發的一家是否還平安……
但是當他還未決定即行開口時，牧童們已經將牛加了幾鞭，很
快地走開了。

他不禁有點躊躇起來了。夜幕快將大地的面目遮掩下去，
而他還在這山野間徘徊著，沒有一定的去向。回家去！那家
已經不是他的家了，確切地說，他已經發了誓永不回家，現在
無論如何，他是不願意回家去的。到王榮發的家裡去？王榮發
的兒子，王貴才，本來是他的幼年的好友，雖然因為地位的懸
殊，沒曾哥哥弟弟相稱過，然而兩人的友誼，實無異於異姓的
兄弟。在這一年多中，李杰雖然沒和他通過音信，但是他的形
象總時常留在腦海裡。現在，李杰想，頂好是到他的老朋友的
家裡去……但是王榮發的一家是不是還耕著李家老樓的田地？
是不是還住在原處？……想到此地，李杰又更加焦急起來了。

他無決心地向前走著。望著那樹林中的李家老樓的黑影。
在那裡，他度過了二十幾年的生活，在那裡，住著他的親生的
父母……然而現在他徘徊在山野間，打算著尋找歸宿的地方，
偏偏不是那裡，而是別家，也許他今晚要孤獨地宿在露天地
裡。他想，什麼地方住宿都可以，僅僅只要不在那曾是過他的
家的，那座樓房裡……

七

　　走著走著，忽然聽見後邊有人走路的聲音。李杰回頭一看，原來是擔著一擔柴的樵夫。他於是停了腳步，等著那人的到來，決定詢問他關於王榮發一家的情形。擔柴的已經走近他的身前了，但因為天色已經黑了，他不大容易看清那人的面目。那人見著手裡提著箱子的李杰停著不走，似乎有點驚異的樣子，將柴從肩上放下，不待李杰開口，已先是問道：

　　「你是幹什麼的？站著不動幹嘛？」

　　「我是過路的，」李杰低聲而和藹地說道，「對不起，請問王榮發家還住在原處嗎？」

　　那人聽了這話，不即刻回答，更向李杰走近一步，將黑影中的他的面貌審視一番，開始遲疑地說道：

　　「你，你貴姓？你是不是……李家老樓的大少爺？」

　　那人的閃灼著的眼光逼著李杰起了不安，半晌方才說道：

　　「請問，你怎麼能認得我？你貴姓？」

　　那人放出很高朗的聲音笑起來了。

　　「原來是李大少爺！剛從外邊回來嗎？你在外邊很久都沒有回來，我們很時常說起你呢。你現在想是要急於回家裡去，不過我要問你一聲，你從城裡來的時候，你看見革命軍了嗎？他

們怎樣？」

「這些事情，一時也說不清楚。請問你，王榮發的一家是不是還住在原處？我要……」

「怎麼？」那人驚異起來了。「難道你不回家嗎？」

「那已經不是我的家了。」李杰笑著說。

那人半晌沒有做聲，只向李杰望著。

「天色已經黑得快看不見路了，請你帶我到王榮發的家裡去好不好？」

那人默默地點一點頭，走至放下柴擔的地方，又重新將柴擔舉上肩來。

兩人開始摸索著小徑，向王榮發的家裡走去。開頭兩人都沉默著不語，顯然各自思想著什麼，後來還是李杰先開口說道：

「你到底貴姓？我不認得你。你住在這鄉間很久了嗎？」

「我一向是在礦山上做工的。我回到家鄉來不過才半個月。我的名字叫張進德，你沒聽說過嗎？我們見過幾次面，不過你當然記不得我了……」

「……」李杰很模糊地嗯了一聲。

張進德停了半晌，又繼續說道：

「李大少爺！現在是革命的時候了，你對於革命怎麼樣？……」

李杰明白張進德是在探他的口氣，便很坦然地笑著說道：

「革一革命也好，我想。」

「你不反對革命嗎？現在聽說要土地⋯⋯革命⋯⋯」

「如果我是地主，那我可不贊成什麼土地革命，但是現在我同你們是一樣的窮光蛋，為什麼不贊成革命呢？沒有田種的人，以及種人家田的人，都應當起來幹一下才行！」

「但是你⋯⋯」張進德吞吐地說了半句。

「我怎麼樣？」李杰即刻反問他。

「你究竟是李大老爺的兒子。」

李杰笑起來了。於是李杰開始述說他和家庭決裂的經過，以及他怎樣地進了革命軍，現在回來又是怎樣地打算⋯⋯

「我們原來是同志呵！」張進德最後歡欣著這樣說。「這麼一來，我也不必進城去了。我今天本來打算進城去看一看革命軍怎樣情形，回頭來再做打算，因為要挑一擔柴進城去賣，所以今天沒有去成。現在你回來了。好極了！」

「你是不必去了。」李杰聽了張進德的歡欣的話，不禁也歡欣起來了，他慶幸自己已經得到了一個很好的合作者。「我們明天就開始商量起來⋯⋯」

「我說，你現在也不必到什麼王榮發的家裡去，就在我的地方睡一夜再說，好不好？」

「方便嗎？」

「只要你不嫌棄我那一張竹床的不乾淨⋯⋯」

於是，昔日的李大少爺，現在成為礦工張進德的新交的好友了。在夜影的深處，李家老樓已沉入了寂靜的夢鄉，宛然

忘卻了它的年少的、在外流浪著的主人。而李敬齋，李杰的父親，雖然在近來也時常念起他的叛逆的兒子，但是他絕不會想到：今晚他的兒子回到故鄉了，可是不回到自己的家裡，而留宿在一個什麼礦工張進德的破漏的茅屋裡……

八

「救命呀！救命呀！……」

「打死你這個敗家精！」

「好，你把我打死了罷！……」

李杰和張進德兩人剛走至吳長興的家門口時，忽然聽見從裡面傳出來這種絕望的打罵的聲音。李杰一股的興致，差不多為這種突然的不快的聲音所打消下去了。

「吳長興又在打他的老婆了。」張進德似乎很平靜地說。

「為什麼他要打他的老婆？時常打她嗎？」李杰很不愉快地問。

「他的老婆是我的表姐，為人忠實極了。他不高興的時候，就拿他的老婆出氣。我也不好多說話……」

「豈有此理……」

李杰還預備說下去時，張進德已經將柴擔從肩上卸下，放在牆壁邊靠著了。屋裡面的打罵和叫苦的聲音更加厲害。李杰不先叩門，先從門縫向裡面一望，見著在一盞灰黃的，不明的香油燈光之下，一個三十幾歲的面皮黑瘦的漢子，咬著牙齒，正按著一個蓬著髮的婦人，不斷地揮老拳呢。那婦人眼見得已力竭聲嘶，漸漸地消失抵抗力了。……

「這是太不對了。」李杰回轉身來，自對自地這樣說。張進德不顧得他說了什麼話，更直爽地叫起門來。

屋內一時的寂靜。

又顫動著一種女人的微弱的，絕望的聲音：

「你為什麼不打了呵……快將我打死吧……」

「你還愁不死嗎？」

男子說完這話，便走向前來開門了。他見著了張進德的面，即時一言不發地將頭低下，好像承認自己做錯了事也似的，默默地走向靠牆的一張小木凳子坐下，他並沒注意到張進德還帶回別一個人來。他本來是認識李杰的，── 李家老樓的李大少爺，有誰個不認得呢。── 可是在這樣的今晚，他絕不會料到自己的矮小的茅屋裡，會光臨了一個為他所盼望也盼望不到的貴客。李杰似乎也模糊地認得他，在什麼時候曾見過面，但記不清楚他的姓名。看見在地上躺著的被蹂躪的，陷於半死狀態的婦人，李杰想即刻走到吳長興的面前，指責他的非禮。但轉而一想，他初次來到吳長興的家裡，似乎不應過於直率從事，便也就默然而止了。

「請你坐一坐，我即刻做飯吃。你大約餓了吧？」張進德不注意吳長興夫婦，這樣很親熱地說了，便逕自走到灶臺旁邊去了。李杰一心懸在躺在地下的可憐的婦人身上，忘記了肚饑，很隨便地回答了張進德一句：

「還好。」

聽見了生疏的客人的話，吳長興慢慢抬起自己的頭來，似乎很膽怯的樣子向客人的地方望去。在黑瘦的面皮上，即刻起了驚異的波紋，而右手不禁很機械地將眼睛揉了一下，宛然他以為此刻所現在他的眼前的，是什麼不實在的幻影。

但是李杰，這個為他所不相信的奇異的幻影，出乎他的意料之外，猝然地向他說話了：

「吳大哥，你認得我嗎？」

吳長興立起身來了。他有點顫動，不知是由於惶恐，還是由於氣憤。看了李杰幾眼之後，他重新低下頭來，低低地說道：

「你，李大少爺，我認得你。」

「日子近來過得好嗎？」

「大少爺，我們窮人的日子反正是這樣，說不上好不好。比不上大少爺你們有錢的人家……」

說到此地，吳長興嘆了一口長氣，噗通一聲又坐下了。李杰覺得自己與吳長興之間很隔膜，很生疏，欲繼續將話談將下去，但一時找不出什麼話來。同時他覺得精神上很感到痛苦，而這痛苦不能即時就消滅下去，那就是他初回到自己的故鄉，在這裡，鄉人們都懷著一種牢不可破的觀念：他是李家老樓的大少爺，因此，他與農民們是兩種不同的人類……其實，現在回到故鄉的他，已經不是李家老樓的大少爺，而是一個為窮人奮鬥的革命黨人了。他不但要改造農民的生活，而且也正預備著反對自己的父親，但是這種思想和行動，他將怎樣使人們瞭

解呢？張進德很容易地就瞭解了他，但是張進德是例外，他本來有過相當的歷史的。對張進德，李杰很容易說話。但是此刻在吳長興的面前，他忽然遲鈍起來了。他不知道他如何才能和吳長興接近，才能使吳長興對於他發生信心。……

在李杰還未將自己的思想完結的時候，張進德已經將兩個粗磁碗鄉間的素菜端到矮小的四方桌上了。

九

　　飯菜異常地粗劣，碗筷在表面上看來是異常地不潔，那上面似乎黏著許多洗濯不清的黑色汙垢。張進德拿起碗筷來就咕咻咕咻地吃起來，似乎那飯菜是異常地甜蜜，而李杰在開始時卻躊躇了一下，皺了一皺眉毛，接著那飯菜的味道便使著他感覺到他和張進德的分別……

　　「你怕吃不來我們的飯吧。」張進德不注意李杰的神情，這樣向李杰微笑著淡淡地說了一句，便又大吃大嚼起來了。不知為什麼，李杰聽了他的這一句話，不禁有點面赤起來，好像聽了什麼指責和譏笑也似的。這麼一來，他更覺得那飯菜的味道是怎樣地不合於他的口舌，雖然他勉力著吞食下去，但究竟難於下嚥。於是他捉住自己了：「嗯哈！你原來是大少爺呵！為什麼張進德能吃得下去，你就不能吃下去？你這樣能立在他們的隊伍裡嗎？你這次回來是幹什麼的？你這種大少爺的樣子，能夠使農民們相信你嗎？不，你這小子還是去當你的大少爺吧，你不配做一個革命黨人！……」想到這裡，李杰便輕視自己，責罵自己起來了。在一瞬間，他曾想立起身來，對著張進德，公開地暴露出自己的醜態，讓他知道他是一個不足道的公子哥兒。但他即刻又想道，「不，這並沒有什麼，凡事都是由於習

慣，我應當養成他們的習慣呵！……李杰是革命黨人，李杰便什麼事都可以做得出來。……」於是這種思想減輕了他將粗劣的飯菜吞下肚去的困難。

這時，吳長興還是坐著原來的地方。他圓睜兩眼凝視著吃著飯的李杰，心中老是不明白這是什麼一回事：為什麼李大少爺今晚會降臨到吳長興的茅舍裡？為什麼一個尊貴的大少爺忽然和一個窮光蛋，張進德，交起好來了？他居然能吃這粗劣的飯菜，他居然似乎不擺一點大少爺的架子……這究竟是什麼一回事呢？

「他莫不是和張進德玩什麼把戲罷？」吳長興繼續想道，「不然的話，為什麼……」

「好，李大少爺在這裡，我們今天就評一評理罷！」一直到現在躺在地下不做聲的吳長興的老婆，忽然一骨碌兒躍起來，披散著頭髮，好像一個母夜叉也似的，這樣面指著吳長興說道：

「你這個沒有良心的東西，我有哪一點虧負你呵？你今天也打罵我，明天也打罵我……」

張進德和李杰驚詫得將碗筷停下來了。張進德始而望著他的表姐的不尋常的神情，接著低下頭來嘆了一口氣。李杰從來沒曾看見過這麼一幕令他感動的悲劇。女人忿怒的、不平的、反抗的話音，引起了他的充分的同情，他覺得他即刻可以幫助她將她的丈夫鞭打一頓。

「今天我說鹽沒有了，叫你挑一擔柴到城裡去換一點鹽來

家，你就罵我是敗家精，扭住打我，難道說鹽都是我一個人吃掉了嗎？你自己沒有吃嗎？你說我是敗家精，我問你，你家裡的什麼被我敗了？自從過了門一直到現在，我敗了你姓吳的一點什麼來？風裡雨裡，我曾過過一天好日子嗎？吃也沒有吃，穿也沒有穿，我不抱怨你，這已經是我很對得起你了，偏偏你這黑東西沒有天良，今天也打罵我，明天也打罵我，簡直不把我當做人……」

吳長興的老婆滔滔地說到這裡，覺著傷心過甚，不禁放聲痛哭起來了。她用雙手掩著面，走至房門的前面，將頭抵住門，越哭越加厲害。這時吳長興低著頭一聲也不響，彷彿他的老婆的動作沒有給與他以任何的刺激。李杰覺得有滿腔的憤怒，但不知如何才能發泄出來：指責吳長興的不是呢，還是向他的被冤屈的老婆說一些安慰的話？……唉！鄉間的農婦的生活！李杰不禁慨嘆起來了。

張進德立起身來，很鎮靜地走至吳長興的面前，向他低著的頭部凝視了一會，輕輕地開始說道：

「長興哥，你別怪我說你，你這樣是太不對了。荷姐又不是你的牛馬，你怎麼能無原無故地打罵她呢？我知道你窮苦得難受，找不到什麼地方出氣，只好將自己的老婆當為出氣桶子，可是，長興哥，這是不對的，荷姐究竟是一個人呵！……你說她是敗家精，那你就別怪我向你一問，你有什麼傢俬可敗？請你問一問良心，荷姐是一個好吃懶做的女人嗎？……我勸你下

次不要這樣了！……夫妻們不怕窮，怕的就是不和氣……」

張進德說完了話，向他的痛哭著的表姐很同情地看了兩眼，便又回到自己的原處坐下了。吳長興聽了張進德的話，依舊地一聲也不響，這使得李杰猜度不著他是承認過錯了呢，還是不以張進德的話為然，或是另外想著別的事情……

後來，吳長興的老婆，眼看是哭得疲倦了，靜靜地走向房裡，向床上躺下去了。一時的寂靜。從門縫裡陡然吹進一股子怪風，將桌上的香油燈幾乎熄滅了。牆壁上搖晃著不定的三個人的影子……

十

夜已經深了。在寂靜的田野間偶爾傳來幾聲犬吠和一種什麼夜鳥的叫鳴。那聲音對於李杰是很熟悉的，然而在竹床上輾轉反側不能入夢的他，總想不起這叫鳴著的夜鳥是什麼名字。由那種淒清而愁苦的音調，他的內心裡緊張起來一種說不出的，說悲哀又不是悲哀，說歡欣又不是歡欣的情緒。

他想起來了他的身世：富有的家庭……童年的嬌養……小學……中學……對於王蘭姑的戀愛……這一階段的生活是怎樣地甜蜜而平靜！沒有憂患，沒有疾苦，有的只是溫暖的天鵝絨的夢。後來……思想忽然變化了。學生運動的參加，對於社會主義的沉醉，接著便和父母起了衝突……王蘭姑的慘死促成了他對於家庭的決裂。接著便是上海的流浪，黃埔軍官學校的投考……於是李杰捲入偉大的革命的浪潮裡。那過去的天鵝絨的夢，在他的身上不留下一點兒痕跡了。他久已不是一個學生，而是一個穿著灰軍服的兵士。他更久已不是一個少爺，而是一個堅毅的戰士。對於他，久已沒有了家庭，沒有了個人的幸福，有的只是革命的事業……甚至於他的青春的夢，那個為他所愛戀的，已經死去了的王蘭姑，也久已被他所忘懷了。

這次具著不可動搖的決心，他辭去了軍中的職務，情願回

到自己的鄉間進行農民的運動。這因為他看清楚了那所謂「革命軍」的，未必真能革命，自己反不如走到群眾中去，努力做一點實際的工作。二者也許因為他還有著愛鄉的觀念，總想對於自己的故鄉多有一點貢獻，或者更因為他具著復仇的心情，他要立在農民的隊伍中間，顯一顯威風給他那做惡的父親看。然而這一切都不重要，重要的是在於他，李杰，到底能不能將一些無知識的農民弄得覺醒起來呢？……

夜鳥還是繼續著淒清而愁苦的音調。思想如翻騰著的浪潮一般，湧激得李杰無論如何不能闔眼。他想爬起身來，將門開開，到外邊走一走，呼吸一呼吸田野間的氣息。但是他怕驚動了吳長興夫婦和張進德，終於沒有照著他的想念做去。

想到了吳長興夫婦，忽然晚間的一幕呈現在他的眼前了：那披散著頭髮的女人的絕望的神情，那吳長興的固執的面相和那向他所射著的不信任的，遲疑的眼光，……這些不禁使他感覺得自己的無力，而減少了對於自己的信心。「像這樣無知識的，野蠻的鄉下人，」他想道，「我怎樣對他才好呢？第一，他野蠻得要命，第二，他是不會信任我的……他那樣遲疑地看我，為什麼他要遲疑地看我？……」

只顧思想，李杰沒提防到自己的左腳抵了一下正在鼾睡著的張進德的後腦殼。張進德從夢中嗯了一聲，用手摸了一摸自己的後腦殼，又重新睡著了。李杰一面慚愧自己的大意，一面忽然起了一種歡欣的心情。一瞬間，張進德將他從失望的海

裡救出來了。他想道，張進德是可以幫助他一切的，如果他能和張進德合得來，那他便有了過河的橋樑……於是他又不禁想道，在我們的時代裡，該有許多奇特的事情！李杰本來是一個少爺，而現在和張進德在一張床上睡覺。張進德本來是一個沒有受過教育的礦工，而現在居然是一個革命黨人，並且在將來的工作上，李杰免不了要以他為嚮導！呵，如果地主李敬齋這時知道他的兒子，叛逆的兒子，和著一個下賤的礦工睡在一張竹床上，那他將要是怎樣地不解而苦惱呵！……

「起來，饑寒交迫的奴隸。起來，全世界上的罪人……」

出乎李杰的意料之外，張進德忽然從夢中嗯嗯地唱起歌了。李杰不禁十分驚詫起來。

「張大哥，你，你是怎麼了？」

張進德被李杰的這一問驚醒了。他揉一揉眼睛，很遲慢的，不解所以地問道：

「李，李先生，什麼？你還沒有睡著嗎？」

「你剛才唱起歌來，我只當你……」

「呵哈！我唱出聲音來了嗎？奇怪！我做了一個夢，」張進德笑著說道，「我夢著我帶了許多人馬，將什麼……敵人的軍隊打敗了……後來又開了一個大會，到了很多很多的農人，我在演講臺上唱起革命歌來。剛唱了兩句，不料被你叫醒了。你說好笑不好笑？」

「真有趣！」李杰也笑著說道，「你已經做了革命軍的總司令

了。我願意做你的參謀長，你高興嗎？哈哈！」

　　這時張進德回想起來夢中的情形，半晌沒有回答李杰的話。

十一

張進德在夢中的唱歌，同時也將睡在隔房的吳長興驚醒了。晚間的餘怒還未在吳長興的心中消逝下去，他總想扭住誰個痛打一頓才是。如果不是張進德和李杰睡在隔房裡，說不定他要在深夜裡，又重新扭起他的可憐的無辜的老婆，無原無故地痛打起來……

他，吳長興，自然很清楚地知道自己的老婆沒有什麼罪過，而且比他自己更為可憐。自從她嫁給了吳長興，她不但沒有敗過吳長興的一點傢俬（在別一方面，他實在也沒有傢俬可敗呵），而且在風裡雨裡，實在幫了他不少的忙。她很忠實，她很勞苦，這些吳長興通通都知道。在一個什麼不大露現出來的心的角落裡，吳長興也藏匿著一點對於他老婆的愛情。但是，吳長興總是一個永遠的被欺侮者，總是一個永遠的無可如何的氣憤者。他種了五畝田，而東家尅苦他；他進城去賣柴，而那些城裡買柴的人們作弄他；他經過有錢人的村莊，而那些惡狗要吞噬他；甚至於風雨霜雪……凡他所看見的，莫不都是他的仇敵。今天將錢去買了鹽，而明天又沒有油吃了；剛剛賣掉幾擔柴，預備聚幾個錢買布做褲子，他媽的，忽然地保來了，說什麼要納軍用捐……總而言之，這一切都要使吳長興氣憤，而這

氣憤卻找不到發泄的地方。命運捉弄得太厲害了，改變了他神經的常度。他覺著一切都是他的仇敵，一切都使他氣憤。但是他向誰發泄呢？他微小，他沒有力量，他不但不能反抗李大老爺，連對付王地保也沒有法子可想。但是他氣憤，這氣憤總是要發泄的，於是他的老婆便成為了他發洩氣憤的對象。第一，她是他的老婆，而丈夫有打罵老婆的權利；第二，因為她是他的老婆，所以打罵的時候很便利，可以隨意；這麼一來，他便不問他的老婆有沒罪過，只要他一氣憤時，他便在他的可憐的老婆的身上發泄了。

對於吳長興，沒有出路，似乎打罵自己的老婆，就是他的出路，在最近的一兩個月來，吳長興聽到一些關於革命軍的消息，這使得陷在無涯際的黑暗的深窟裡的他，朦朧地見到了一線的光明，感覺到在這困苦的生活中，並不是完全斷絕了希望。但是有時他又懷疑起來：「鬼曉得革命軍是好是壞？說不定，又是他媽的，像張黑虎的軍隊一樣……」這種懷疑便又鼓起他的氣憤來，如果他氣憤了，這當然，他的老婆便要倒楣了。

他常常將自己和李家老樓的李大老爺相比。他不明白，為什麼兩個同是生著鼻子眼睛的人，會有這樣天大的差別？李大老爺宛然過著天堂的生活，有財有勢，他媽的，吃的是美味，穿的是綢緞，要什麼有什麼，而他，吳長興，簡直陷在十八層的地獄裡，連吃的老米都沒有！李大老爺雖然不動一動手腳，從來沒赤過腳下田，割過稻，可是他媽的，家裡的糧米卻堆積

得如山，而他，吳長興，雖然成年到頭忙個不了，可是忙的結果只是一個空！⋯⋯這到底是一回什麼事呢？這難道說，他想道，真個是因為墳山風水的不同嗎？鄉下人的思想舊，都很深地具著迷信，但是吳長興卻不知因為什麼，也許是因為氣憤過度了，並沒有什麼迷信，── 他不相信李大老爺的享福，和他自己的吃苦，是因為什麼墳山風水的好壞。

　　他仇恨李大老爺。但是怎樣對付他的敵人呢？他什麼也不知道。他知道李大老爺有一個兒子，這兒子在一年以前，他是時常看見的，不知為什麼，跑到外邊一年多沒有回來，並且沒有音信。「死了這個雜種！⋯⋯讓李敬齋斷絕了後根！⋯⋯」有時吳長興不禁這樣慶幸地想著。他對於李杰雖然沒有深切的仇恨，然因為他仇恨李杰的父親的原故，便也就對於李杰不會發生好感了。「老子英雄兒好漢，老子做惡兒壞蛋，」吳長興很肯定地想道，「既然李敬齋是這樣子，那麼，他的兒子也就好不到哪裡去呵。」

　　出乎吳長興的意料之外，一年多沒有音信的李敬齋的兒子，忽然被張進德引到自己的家裡來了。據吳長興所知道的，張進德和李杰並沒有什麼過去的關係，也許連面都沒見過，不料現在忽然⋯⋯這真是天曉得是怎麼一回事！為什麼李杰，一個頂闊頂闊的大少爺，會於夜晚間降臨到吳長興的茅舍裡？為什麼他能和張進德忽然地交起好來？為什麼於談話中，於吃飯時，於就寢前，張進德能那樣不客氣地對待李杰？而李杰也就

為什麼能處之泰然，好像和張進德是多年的舊友也似的？……

吳長興無論如何不能明白他目前的事情。他想問一問張進德，得知道一點兒究竟，但沒有相當的機會。同時，他發生了一點羨慕張進德的心情：張進德，也不過是一個粗野的漢子，居然能和李大少爺做起朋友來，居然能那樣很自然地對待李大少爺，而他，吳長興，無論如何都不能，絕對地不能……

似乎是快要到黎明的時候了。從什麼地方已經傳來了幾聲報曉的雞鳴。吳長興想重新入夢，然而結果是枉然無效。睡在床那頭的他的老婆，似乎深深地嘆息了幾聲，然而沒有繼續的動作。他不知道她是在夢裡呢，還是在醒著。他想叫她一聲，但忽然覺得一種羞愧的心情包圍了他，使他如罪人也似的，沒有膽量張開自己的口。這時他想起來了他的老婆是如何地忠實而可憐，他對待她是如何地殘酷而不公道……「我應當即刻向她跪下，承認自己的過錯呵！」他的思想忽然這樣地閃了一下，然而即刻為他的高傲所壓抑住了。

睡在隔房的張進德與李杰，在談了一番話之後，久已又寂靜地睡熟了。吳長興很苦惱地想道，他們倆也許在做著什麼總司令參謀長的夢，很快樂的夢，而他，吳長興，卻睜著眼睛活受罪！……最後他的思想歸結到：

「鹽沒有了。今天挑一擔柴到城裡去賣。順便看一看革命軍是什麼樣子也好……」

十二

在這一鄉裡，劉二麻子算是出色的人物。每一個人，差不多連會說話的三歲的孩子，都知道劉二麻子這個名字。這當然並不因為劉二麻子有錢，他是一個道地的窮光蛋；這當然也並不因為劉二麻子做過官，就是從他數起，一直數到他的五代祖父，也沒有誰個榮享過官的名號；這當然更不因為劉二麻子做過什麼驚人的事業，無論什麼驚人的事業，就是他在夢裡也沒有做過。這因為，呵，說起來很平常，因為他的臉上的麻子生得特別大而且深，差不多可以將豌豆一粒一粒地安置上去。此外，他的力氣和水牛差不多，挑柴禾的時候，他的擔子一定要比別人的大。此外，也許還有一個原因，那就是他逢人便說他一定要娶老婆，但是老婆終於娶不著。

別要看劉二麻子這個稱號傳遍了鄉間，但是劉二麻子自己卻無論如何不承認這個稱號。如果有誰個當面叫他劉二麻子，那麼這就好像挖他的祖墳一般，他是要和你拚命的。因此，雖然人們在背後叫他為劉二麻子，但是當面卻都叫他為劉二哥，或是劉老二。命運注定了他受窮，受欺侮，—— 他覺得這都還沒有什麼。唯有天老爺給他生了一臉大而深的麻子，這使得他引為終身莫大的恨事。他想，「我窮不要緊，為什麼我要生一臉

的難看的麻子呢？自然，有了這一臉的麻子，什麼女人也是不會愛我的。……」雖然劉二麻子想娶老婆，而終於娶不到手的原因，重要的是在於他沒有錢，而不在於生了一臉的麻子，然而他將自己的窮和娶不到老婆的重要的原因，卻都推在他臉上的麻子的身上。生了這一臉的麻子，無怪乎受窮，更無怪乎娶不到老婆。

他喜歡和人談起娶老婆的事情，因之，這一鄉裡的青年們都知道他對於娶老婆的事情，是怎樣地盼望和焦急。有些不大老實的、多事的青年們，一見面時便向他打趣道：

「咦，劉二哥，親說好了沒有？什麼時候請我們吃喜酒？……」

「劉老二，聽說你要將趙家圩子的趙二小姐娶到家裡來，是不是？」

「張家北莊的五小姐還沒有出閣，你看好不好？托媒人去說親囉！」

此外，還有許許多多打趣劉二麻子的怪話。劉二麻子一聽到這些譏諷他的話時，便將臉上的麻子一紅，說道：

「怎樣？別要太小覷了人！朱洪武當年是放牛的，到後來做了皇帝。」

或者很嚴肅地說道：

「哼！凡事誰都說不定。時運到了，說不定我也會做附馬呢？你看，薛平貴……」

　　不過，劉二麻子之所以說出這些話來，並不是因為他有了什麼信心，而只是暫時的對於自己的安慰。他很知道像他這樣生了一臉麻子的人不配做皇帝，更不配招駙馬，——皇帝的女兒，貴重的、嬌滴滴的公主，所謂金枝玉葉，會下嫁一個頂醜的麻子嗎？

　　總而言之，劉二麻子一方面對於娶老婆的事情很熱心，一方面對於娶老婆的事情又很失望。他陷入很深切的悲哀裡，但這種悲哀，在他是急於需要人們的同情，而人們所給與他的，只是淡漠與嘲笑。這使得他更加悲哀了。

　　但是，別要看劉二麻子到處受著人們的嘲笑，他總禁不住自己將心中的悲哀要向人們訴說……

　　那是一天的下午。劉二麻子在東山上打柴，無意中和張進德碰到了頭。當他倆將柴打得夠了的時候，便坐在草地上談起話來。雖然張進德回鄉來還沒有幾天，可是他們倆是老相識，談起話來並沒有什麼客氣。兩人先談起一些鄉間的情形，後談到各人自身的狀況。劉二麻子當然免不了要將自己的悲哀吐訴出來。

　　「進德哥，你是君子人，」劉二麻子說道，「什麼話都可以向你說。媽的，我總是想娶一個老婆，一個人不娶老婆，不是枉生一世嗎？可是我，」說至此，他的兩眼逼視著張進德，眼見得是要哭出來的樣子。「我大概是要枉生一世了！……」

　　「這倒說不定。」張進德這麼很同情地說了一句。

「是的，我大概是枉生一世了！這樣窮，最可恨的是我生了這一臉……」劉二麻子沒有將話說完，即將頭低下去不響了。張進德明白了他的意思與悲哀，一時找不出什麼安慰他的話來。

兩人一時沉默起來了。張進德目視著他那額部上脹著的如籐條也似的青筋，那圓圓的大光頭，那黝黑的後頸項，不知為什麼，忽然間很尖銳地感覺到他內心的深切的，不可磨滅的悲哀，為他大大地難過起來。張進德很明白這種悲哀是為一般窮苦的少壯者所同具的，而他，張進德，也是無形中具著這種悲哀的一個。在此以前，他並沒曾多想到關於男女間的事情，就是想到，那也不過是經過幾秒間的輕輕悲哀的煙霧而已，並沒曾擾動了他的心意。他總是想道，這算什麼！一個人不和女人睡覺就不能過活嗎？……

但是，現在，他覺得他的一顆心也為著劉二麻子的悲哀所籠罩著了。想起來了在勞苦中度過去了的青春，想起來了他生了半世而從不知道女性的溫柔與安慰……

忽然，在他倆背後的一棵松樹上，不知是什麼鳥兒，哇地叫了一聲，接著便落下許多黃色的松針到張進德的頭部上來，這使得張進德即刻好像從夢中清醒起來，將適才一種感傷的情緒驅除了。他昂起頭來向那松樹上望了一望，但並沒有望見什麼鳥兒，大概是已經飛去了。將自己振作了一下，張進德握起一直到現在還低著頭的劉二麻子的手，說道：

「劉二哥！請你別要這樣怨恨自己生了這一副臉孔。沒有娶

老婆的人多著呢，我不也是一個嗎？誰個不想娶老婆？我當然也和你一樣。不過你也要知道我們是窮光蛋，就是人家把女人白送給我們，我看我們也養活不了。媽媽的，只要有錢，就是瘸子也可以有兩個老婆。你看周家圩的周二老爺不是瘸子嗎？可是我們沒有錢，窮光蛋，就是不是瘸子，也是嚐不到女子的滋味的。你以為你的臉不麻，你就會娶得老婆了嗎？老哥，這是笑話！」

「那嗎，我們就永遠娶不到老婆了嗎？」劉二麻子睜著兩隻放著可憐的光的眼睛，很絕望地這樣問。

「請你別要老是想著娶老婆的事情！這世界是太不公平了。我們窮光蛋要起來反抗才是。媽媽的，為什麼我們一天勞苦到晚，反來這樣受窮，連老婆都娶不到？為什麼李大老爺，周二老爺，張舉人家，他們動也不一動，偏偏吃好的，穿好的，女人成大堆？……這是太不公平了，我們應當起來，想法子，將他們打倒才是！我們要實行土地革命，你懂得什麼叫做土地革命嗎？」

劉二麻子搖一搖頭，表示不懂得。

「土地革命的意思就是將地主打倒，土地歸誰個耕種，就是歸誰個的，你明白了嗎？有點明白了？好！現在，我們就應當想法子，幹起來！……」

夕陽射照在劉二麻子的臉孔上，好像在那上面閃動著金色的波紋，加增了不少的光輝。憂鬱和絕望的容色沒有了，另換

了一副充滿新的希望的，歡欣的笑容。

　　「你，進德哥，」最後劉二麻子緊握著張進德的手，筆直地望著他的眼睛，說道，「你真是我的好朋友！媽的，我一個人，我這個腦袋總是想不透。肚子裡飽藏著一肚子的怨氣，可是不知道怎麼樣才能發泄出來。今天聽了你的一番話，我真是高興極了！好，我們就幹起來！……」

　　張進德久已不唱山歌了。別要看今天的柴擔很沉重，可是在歸途中，他很高興地和著劉二麻子唱起山歌來：

　　　乖姐好像一朵花，
　　　個個男子都愛它；
　　　若是有錢你去採，
　　　若是無錢莫想它。
　　　…………

十三

前天劉二麻子親眼看見革命軍來到了城裡。而且他首先將這個歡欣的消息，傳布給本鄉的人們知道。這雖然不是什麼偉大的功績，然而劉二麻子卻引以為生平最滿意的事，因為首先傳布這個消息的不是吳長興，不是王貴才，甚至於不是張進德，而獨獨是他，劉二麻子。在別一方面，他就好像自身的痛苦因著革命軍的到來，一切都解決了也似的，好像從今後沒有老婆的他可以娶老婆了，受窮的他可以不再受窮了，甚至於他的那麻臉也可以變為光臉。關於革命軍是不是革命的，能不能給他老婆，或是幾畝略較好一點的田地，他從沒曾想到。他心目中的革命軍是救苦救難的菩薩，既然革命軍到來了，他想，那便什麼事都解決了，受苦的可以幸福，做惡的可以定罪……

歡欣的心情使得劉二麻子昨夜做了一場溫和的美夢。帶著夢中的愉快的印象，今天一清早他便跑到張進德的家裡來了。他一者約張進德同陣到城裡去賣柴，二者想和他分一分關於革命軍到來了的歡欣，或者更和他談談這，談談那。在最近的時候，張進德差不多是劉二麻子的唯一的親密的朋友了。

張進德和吳長興兩夫婦也早已起身了。在門外的小稻場上，張進德幫助著吳長興捆柴。這柴是預備到城裡換鹽吃的。

吳長興的老婆蓬鬆著頭，彎著腰在菜地裡檢點著什麼。這時朝陽初露出自己的溫和的金面來，放射著不炎熱而令人感覺著撫慰的光輝。吳長興的黝黑的臉老是憂鬱著，而張進德的面色卻為著朝氣而新鮮煥發起來了。他不時地帶著微笑，向著初升的朝陽行著愉快的呼吸。田野間遍鋪著露濕的、嫩柔的綠色。清晨的略帶一點涼意的微風，似乎將這間茅舍內昨晚所演的一幕悲劇的痕跡吹散了。

當劉二麻子走近小小的稻場時，張進德和吳長興已經將柴捆好了。吳長興見著劉二麻子的走近，只向他點了一下頭，在臉上沒有任何的表情。實際上他是瞧不起劉二麻子的，因為：第一，劉二麻子的臉太麻得厲害；第二，劉二麻子窮得和他差不多；至於第三……也許是劉二麻子到現在還沒有娶得老婆……

「呵，老二，你今天過來得早呀！」張進德迎接上去，帶著笑說。

「早？並不早呢。今天天氣真好，我打算到城裡賣柴去，不知進德哥你去不去？去看看革命軍是什麼樣子也好呢。」劉二麻子說話時，差不多他的滿臉上的麻子都笑著的樣子。張進德聽了他的話，便微笑著說道：

「本來打算是要去的，不過因為革命軍已經到了我們的鄉間了，我不必再去……」

張進德沒有將話說完，劉二麻子即驚愕地插著問道：

「怎麼？！你說什麼？！革命軍已經到了我們的鄉間了？在

什麼地方？」

張進德見著劉二麻子那種驚愕的樣子，不禁張口大笑起來了。

「你別要騙我呵！」劉二麻子又繼續說道，「我一點兒也沒聽到這麼一回事。」

「不，我不騙你，革命軍真是來到我們這裡了，不過來的是代表，你不信，請進屋內看一看便知。」

張進德笑著將莫名其妙的劉二麻子帶進屋內去了。這時李杰已起了床，將身上的衣服穿好了。面容雖然是很清瘦，然因為是穿著武裝便服的原故，倒也顯得是一個英氣勃勃的少年軍官模樣。他見著兩人走進屋內，便迎將上來。

「你看，這就是革命軍的代表，」張進德見著了李杰，面對劉二麻子說道，「請認識認識，一個是革命軍的代表，一個是我們鄉間的光蛋……」

不知為什麼，張進德今天感覺得自己特別的高興，特別地愛說話。對於沉靜的他，今天的他的活潑的興致，是一個例外。

劉二麻子第一眼見著立在他的面前的，是一個有威儀的革命軍的少年軍官，頓生一種鄉下人怕官老爺的心情。他有點惶恐起來，不知如何是好了。等他再仔細看下去，他認識出來了這是李家老樓的李大少爺，也就是為他所時常罵起的李敬齋的兒子。「這是怎麼一回事呢？」他想，「革命軍的代表……李家老樓的大少爺……張進德的家裡……」他不禁墮入五里霧中去

了，一點也摸不著頭腦。他一方面兩眼圓睜睜地望著李杰，一方面侷促得不堪，不知將腳和手放到什麼地方。至於說什麼話為好，那他當然更要忘記掉了。

「老二，你不認識嗎？」張進德笑著問。

「是，認得，李大少爺……」劉二麻子很侷促地，然而又是很恭敬地這樣說。

李杰見著劉二麻子的不安的神情，不禁用手將他的肩頭拍了一下，笑著說道：

「朋友！現在是革命的時代了。李大少爺沒有了，有的只是李杰，我的名字叫李杰呵，有的只是革命軍的代表……你明白了嗎？」

劉二麻子什麼也沒有明白。為什麼李大少爺沒有了？立在他的前面而且和他說著話的不是李大少爺嗎？……張進德見著劉二麻子發呆的神情，明白了劉二麻子從李杰的話中什麼也沒明白，便將他拉到凳子上坐下，細細地為他訴說關於李杰的一切……劉二麻子很恭順地靜聽著一個大少爺變為革命黨人的希奇的故事。李杰立在旁邊，凝視著張進德訴說的神情，不知怎麼樣才能表示出自己的心中對於張進德的感激……

十四

　　青秧葉上的露珠還是瑩瑩地閃耀著，田野間的空氣還是異常地新鮮而寂靜，雖然一輪紅日已經高高地懸在東山的頂上了。似乎一切的景物都表示著歡欣，似乎太陽也做著愉快的，充滿著希望的微笑……

　　帶著周身的不可思議的感覺，滿腹中的特異的情緒，劉二麻子走出了吳長興的家門。望一望露濕的、青滴滴的田野，和已經高懸著的太陽，他不知為什麼，感覺得自己變為別一個人了。出乎他的意料之外，他今日居然在吳長興的家裡會見了革命軍的代表，而這代表又不是別人，恰恰是李大老爺的兒子，也可以說是他的敵人的兒子。在未聽到張進德的解釋之前，他曾發生過一瞬間的失望：李大老爺的兒子做了革命軍的代表，那可見得革命軍保護窮人的話是靠不住的了，因之什麼土地革命，什麼老婆問題，即張進德向他所說的一切，也是不會實現的了。但是，等到張進德向他解釋了一番之後，他又特別高興起來了：李大老爺的兒子都和我們窮人在一道，那還怕我們不成事嗎？

　　「不，這恐怕有點靠不住，」中間劉二麻子曾這樣地想道：「李大少爺放著大少爺不做，有福不享，來和我們革命幹嘛呢？

他家裡有那麼多的田地，當真願意分給我們窮人嗎？為著什麼呢？怕又向我們弄什麼鬼罷……」

劉二麻子想到這裡，張進德好像明白了他的意思也似的，開始向他解釋李杰的為人，說道：

「你不相信李先生靠得住是不是？這也難怪，我們窮人受他們有錢的欺得太厲害了，哪能相信他們這般公子哥兒的話？不過這也不可一概而論，我在礦山上的時候，就遇見了許多很有學問的學生，他們本是有錢的子弟，可是現在犧牲了自己的福不享，專做些危險的革命的勾當……你知道李先生恨他的父親，恨得很厲害嗎？他說，他是不會回家的了，除非他的父親死掉……」

「但是，李大老爺究竟是李大少爺的父親呵。兒子反對父親，難道是可以的嗎？」

劉二麻子說著這話，向李杰望了一望。不知為什麼，他的臉上的麻子，又紅得發起亮來了。

李杰笑起來了。向劉二麻子走近兩步，很坦然地說道：

「兒子不能反對父親？從前是這樣的，現在可就不然了。不問父親的做善做惡，為兒子的一味服從，不敢放一個屁，這是很不對的事情。我的父親欺負你們窮人，難道我也應當跟著他欺負你們窮人嗎？你說這是對的嗎？如果我跟著他做惡，孝可是孝了，可是我們這一鄉的窮人就有點糟糕！父親不過是一個人，不能因為一個人使得我們這一鄉的人受苦。」

　　劉二麻子聽了李杰的這一番話，心中雖然還是有點懷疑，但是轉而一想，「李大少爺也許會說謊話，可是進德哥絕對是不會欺騙我的呵！……」於是他便把一顆信心堅固起來了。

　　見著吳長興走進門來，劉二麻子便乘機向李杰和張進德辭了別。他和吳長興的感情是很壞的，雖然這原因不能確定地說是在於何處。吳長興討厭劉二麻子，或者就因為那臉上的麻子，而劉二麻子不高興吳長興，或者就因為吳長興有了老婆，而照劉二麻子的意見，像吳長興這樣悶鱉一般的人，實在沒有娶老婆的資格……

　　好像偉大的幸福就要到臨也似的，在歸家的路中，劉二麻子不斷地唱著他所最愛唱的一節山歌：

天上星來朗朗稀，

莫笑窮人穿破衣；

十個指頭有長短，

樹木林落有高低，

三十年河東轉河西。

　　每逢一唱這一節山歌的時候，劉二麻子便精神百倍，快活異常，相信倒楣受苦的他，終有出頭的日子。今天他唱得更為起勁。唱完了山歌，他抽起秧葉來，捲在手拇指上，吹得噓噓的響。因為不在意的原故，路旁田中的秧葉上的露水，將他的藍布褲子都打濕了，他一點也不覺得。

　　走到一塊不十分大的，亂草蓬生著的瘞地。在東南的拐角上，葬著劉二麻子的三年前死去的老父親。早死的母親的墳究竟在什麼地方，連劉二麻子自己也不知道，可是也就因此，他更加不能將他的父親的墳墓忘懷了。每逢路過此地，他總要到墓前磕幾個頭，禱告幾句。遇著有錢的時候，他還買點紙箔燒燒，盡一點孝道。

　　父親如劉二麻子一樣，也是窮苦一生，沒有走著好運。三年前他不明不白地屈死了。他本在胡根富家幫工，因為勤謹忠厚的原故，在主人家過了五六年的日子。有一次胡家失了竊，丟了一小綻銀子，成為了天大的事情。胡根富硬說是他偷的，逼他把銀子交出來。於是膽小的他既然沒有做賊，當然交不出銀子，於是被胡家痛打一頓，攆出門外來了。據胡根富說，因為存著善心的原故，才沒把他送入官府，但是，可憐的老人家懲罰已經受得夠了，不但被痛打了一頓，而且沒領到在胡家做了兩年的工錢，於是他一氣便氣死了。

　　劉二麻子邀幾個窮朋友，匆匆地用蘆席將自己父親的屍體裹住，便在這塊公眾的瘞地埋下了。既沒有和尚道士唸經做齋，也很少親朋弔喪，更沒有誰個出來為屈死的老人家向胡根富說一句公道話。劉二麻子知道父親是屈死了，但是人微勢小的他，又有什麼報仇的方法呢？……

　　光陰如箭也似地飛快，轉眼間可憐的老人死去已三年了。在這三年的時間中，劉二麻子也曾動過幾次報仇的念頭，但是

因為胡根富有錢而他是窮光蛋，胡根富的人多而他孤零零的一個，總沒有得到報仇的機會。今天劉二麻子又跪在他的父親的墓前禱告了。荒涼的土堆還仍舊，離墓不遠的幾株白楊樹還是寂寥地在那裡孤立著，好像對著這些混亂交錯的、微小的、不莊嚴的墳墓，做著永遠的憑弔也似的。但是劉二麻子今天的情緒卻與往日的不同了。他開始相信著父親的仇終可以報，而胡根富並不是一個什麼大有力量的人，而他從今後也不是孤零零的一個了。……

　　他很高興地，矜持地想道：「現在是我們窮光蛋的時候了！……」由於愉快的心情，他的面容不禁光彩起來了。從墳地立起身來之後，他向著好像象徵著勝利也似的太陽深深地呼吸了幾口氣。

十五

昨夜晚因為吳長興的老婆失了常態，致李杰沒有將她的面目看得清楚。今早在同桌吃稀飯的時候，李杰將她打量一番，覺得她雖不甚美，卻是一個很乾淨而又勤謹的農婦。她身上的藍布衣已經有了很多的補釘，李杰覺得，即此一端也可見得她不是如吳長興所說的敗家精了。勞苦的面容證明了她在生活中所受的勞苦，而這勞苦她是沒有解脫的方法的。工作的艱苦，丈夫的打罵，無論在哪一方面，都稍微得不到一點兒人生的幸福！唉！中國的農婦呵！……想到最後。李杰於不知不覺間長嘆了一口氣。

側過臉來，再看看吳長興。一個極沉默的鄉下人，勞苦的漢子。面容上雖然現出來許多蠻氣，但他的眼睛卻放射著忠實的光，證明他不是一個惡狠的人。匆忙地吃過兩碗稀飯之後，他赤著兩腳，一言不發地就拿起扁擔走出門去了。張進德將口張了一張，似乎要向走出門的吳長興說什麼話，但終於沒說出來。

「李先生，你昨晚上不是說要到王榮發家去嗎？」早飯吃了之後，張進德這樣開始問李杰。李杰忽然覺得「先生」這個稱呼不大妥當，似乎太生疏一點，便即刻稍紅一紅臉，有點難為情

似地向張進德說道：

「張大哥，請此後別要喊我李先生好不好？」

「那麼，我怎麼稱呼你才好呢？」

「或者叫我的名字李杰，或者叫我同志。我們既然是同道的，當然不能見外了，可不是嗎？」

「也罷，」── 張進德看著李杰笑了一笑，說道，「那我就叫你李同志罷。我在礦山上，那裡做工作的同志們也都不客氣地大家稱呼同志。起初我覺著很不對勁，後來也就叫熟了。你今天到底到不到王榮發的家裡去？」

「一定去。你可以跟我一陣嗎？」

張進德搖一搖頭，說道：

「我不高興到他的家裡去。他的兒子王貴才那小子到很和我合得來，可是那個老頭子太固執了，我不高興見他的面。你自家去罷，我不去。我去到東鄉里山那邊找兩個朋友，順便商量一商量組織農民協會的事情，等你回來我們再仔細商量一下。」

「這樣也好。」李杰因為在這裡是他的熟悉的家鄉，一切路徑差不多都知道，也就不勉強張進德和著自己同去。……

天氣異常地明朗，田野間充滿著新鮮的氣息。一邊看著綠茸茸的田野，一邊感受著溫和的微風，李杰的身心加倍地舒爽起來。滿眼都是為他所熟視的景象。在闊別的一年中，這故園的景象沒有一點兒變更，彷彿伸展著溫柔的懷抱，等待著遊子的歸來。李杰本來是這一鄉間的驕子呵！……

　　走著走著，李杰將別後的家鄉重新認識一番，好回憶起來幼時以及一年前不久的往事。呵，這一條彎曲的小河溝依舊流著清滴滴的水，在這裡李杰不是曾和著王貴才一塊摸過魚，捉過蝦嗎？李杰的家人們曾禁止過李杰在河溝裡摸魚，為的是怕他落水淹死了，然而膽大好玩的李杰，總是偷偷地和著小朋友王貴才一道，來做這種冒險的然而是有趣的玩意兒。現在李杰成人了，就是王貴才也未必再來到此地做兒時的勾當罷。……呵，這一塊小小的柳樹林依舊如舊日的蔥綠，在這裡李杰不是和著王蘭姑時常有過約會嗎？在一株大的柳樹根下，李杰不是曾擁抱過王蘭姑，和她喁喁地情話嗎？……李杰實指望娶蘭姑為妻，實指望永遠地和著溫柔美麗的蘭姑，做著永遠的愛情的夢。不料固執的，重勢利的父母竟阻礙了他們的好事！說什麼不門當戶對，說什麼蘭姑的出身卑賤，她的父親王榮發不過是一個不受人尊敬的農夫而已。然後蘭姑已珠胎暗結了，既不能嫁李杰，當然只有尋死的一條路，免得受人的恥笑。於是蘭姑自盡了，接著，李杰也就和他的父母脫離而拋棄家庭了。拋棄了家庭之後，李杰因為生活的飄泊，及決心從事革命運動之故，也就把屈死的蘭姑漸漸忘懷了。那時只有功夫對於將來的希望，現時的奮鬥，而沒有功夫對於過去的回憶。今日，忽然又身臨到舊日的樹林，在這裡他曾做過在此生中最甜蜜的夢……

　　李杰走進林中，來回繞了幾個圈子。後來他倚著一株大的

柳樹，閉眼回憶了一回，就在此時他彷彿聽見蘭姑的脆嫩的話音，溫馨的氣息。她的那種樸素的儀容也就微笑著隱現在他的眼前了。……忽然，「蘭姑是為著我而屈死了的呵！」這一種思想打破了他的甜蜜的回憶，他於是睜開眼睛，嘆了一口長氣。

走出樹林之後，李杰暗暗地自語道：

「蘭姑！你是為著我而屈死的，這一層我永世也不會忘記。我這一次回鄉，雖然不是專為著你，但在我們的革命成功之後，你的仇也就可以順帶地報了呵！」

想至此處，李杰不禁停住腳步，向李家老樓所在的方向望去：只見那高昂的樓閣仍舊，一種尊嚴的氣象依然，還是一年前蘭姑未死時的模樣。但是那時那裡住著的還是他的父母，而現在那裡住著的卻是他的敵人了！為著這一鄉的農民，為著蘭姑，為著他，李杰的自己，打倒你這罪惡的淵藪呵！……

十六

老人家王榮發無論如何思索，不能明白年輕的一代人。世道的確大不相同了：一般青年人歡迎新的而厭惡舊的，他們對於服順的、靜寂的鄉村生活，很激烈地表示不滿足了。不但在服裝上極力模仿城市中的新樣，而且在言行上，他們似乎都變成無法無天的了。尤其是在最近，一般青年人都如同中了魔似的，大大地不安分起來。他們居然很流行地言談著什麼土地革命，什麼打倒地主李敬齋……在王榮發的年輕時，他聽也沒聽過這些無法無天的話，更不必說在口中亂喊了。現在他看見一般青年人這樣地胡為，想想自己的過去，比一比，也難怪他要時常地嘆息。

前天晚間王榮發的兒子王貴才，不顧及自己濕淋淋的一身，很高興地回來報告「革命軍來到了……」弄得王榮發聽了，生了一場大氣。昨天午後王貴才又不知從何處召集來了四五個年齡相彷彿的小夥子，來到自己家中，噪擾了大半天。有的說，去投革命軍去；有的說，不如大家即在鄉間幹起來，把李家老樓和張家圩子的房子燒掉……在這些討論者們的中間，王貴才尤多發了議論。當時老人家立在院內，聽著自己的兒子如發了瘋也似的，盡說些不法的話，禁不住要幾次跑出來揪住王

貴才打罵一番，免得他生非惹禍。他想，王貴才就是一個大大的禍根，如果這些話傳到李大老爺的耳裡，那還得了嗎？說不定連他這樣老人家都要殺頭定罪。但是不知為什麼在別一方面，他聽著青年們所說的一些無法的，然而是很新奇的話，無形中感覺到一種興趣。只在他們散開了之後，王榮發才把自己的兒子狠狠地罵了一頓。

「我下一次再不准你將這些渾帳東西帶到家裡來胡鬧了。你要造反，你要發瘋，你儘管和著他們到外面去，可是在我的家裡是不行的呵！」

當時王貴才聽見父親的責罵，不表示反抗，只輕輕地，低首下氣地說道：

「你怕我在家裡鬧，我就出外去好了。明天我打算和著何四毛到城裡去投革命軍去。不但不在家裡鬧⋯⋯」

「什嗎？！」王榮發將貓須眼一睜，即時變了蒼白的面色，急促地說道，「去投革命軍？你，你，你真，真發了瘋嗎？⋯⋯」

王貴才不發一言，便走出門外去了。到要上燈吃晚飯的時候，家人們還不見王貴才回來。王榮發還假裝著鎮靜，可是老太婆，王貴才的母親，卻向他的丈夫大大地抱怨起來了。

「都是你不好呵！你為什麼要罵他？少年人氣盛，如果真個去投革命軍去了，你說那倒怎麼辦呢？你我這樣老了，只有他這一個兒子⋯⋯」

老太婆說著，流起老淚來了。王榮發聽了老婆的話，外面

雖還繼續表示著鎮靜，心內卻也有點不安起來了。無論王貴才是如何地不安分，但是他究竟是他的希望，是他的唯一的兒子呵。如果去當兵，被打死了，那時他老夫妻倆將靠誰人呢？想至此地，老人家又覺得自己有點不是了。

　　家人們吃了晚飯之後，王貴才才從外邊回來。老太婆本待要安慰他幾句，詢問他到什麼地方去了，曾吃過晚飯沒有，可是他不聲不響地一回來便向床上躺下睡去了。今天早晨很安靜地過去，早飯過後，王貴才開始打著草鞋。父親有事出門去了。母親在菜園裡整理青菜。只剩下毛姑一個人伴著他的哥哥在家裡。毛姑坐在她的哥哥的旁邊，手持著父親的草鞋，低著頭做著。兩人各注意各的工作，默默地一聲也不響。後來忽然毛姑停下針線，向著她的哥哥問道：

　　「哥哥！昨天你向父親說，你要去投革命軍去，這事情是真的嗎？」

　　「為什麼不真？」貴才不向他的妹妹望，這樣簡單地說了一句。

　　「哥哥！那可是使不得的！」毛姑接著說道，「自古道，『好鐵不打釘，好男不當兵』，難道你不知道嗎？我看你近來簡直有點不對……」

　　沒等毛姑將話說完，貴才抬起頭來，向毛姑嚴肅地說道：

　　「現在是革命的時候了，你曉得嗎？革命軍比不得往時的……」

「什麼革命軍不革命軍，當兵總是一樣的。」

毛姑說著，又重新做起針線來了。房裡一時地靜寂。貴才打好了一隻，又開始打第二隻，心中甚是得意，因為這一雙草鞋是預備明天穿著到城裡去的。

過了半晌，毛姑又停下針線，向貴才問道：

「哥哥！你知道李家老樓李大少爺在什麼地方嗎？」

「你問他幹什麼？」貴才不禁驚異地回問她這麼一句。

「聽說他在革命軍裡是不是？」

「我不知道。也許是的。」

「你忘記他了嗎？」毛姑繼續說道，「他害死了蘭姐，蘭姐是他活活害死的！」

毛姑說著，兩眼望著她的哥哥，表示十分的氣憤。

「這也怪不得李大少爺，那都是他的父親，那個老東西的罪惡。李大少爺本來是要娶蘭姑的，他在我的面前就說過好幾次。不料他的父親總不答應……他之所以跑出去，一年多到現在還不回來的原因，不是因為蘭姑死了嗎？你別要錯怪人，他的確是一個有良心的人。」

「可是蘭姐總是因為他死的呵！」

兩人又靜寂下來了。

經過了十幾分鐘的光景，貴才忽然抬起頭來笑道：

「你知道革命軍裡也有女兵嗎？」

如驀然聽到天大的奇怪新聞也似的，毛姑即時圓睜著兩隻

眼睛，向她的哥哥驚異地問道：

「你說什麼？女兵？革命軍裡也有女兵？」

貴才點頭笑道：

「是的，不相信嗎？聽說女兵比男兵還能打仗呢！她們和男子一樣……」

「呸！那倒像個什麼樣子！女孩兒家不在家裡做活，倒去當什麼兵，拋頭露面的，不成樣子……」

毛姑將話剛說到此地，話頭忽被稻場上的犬吠打斷了。她傾耳細聽，自對自地說道：「有客人來了不成？」

「妹妹，你出去看一看，到底誰個來了？」

毛姑立起身來，將手中的女紅放到藤盤裡，拍一拍胸前的藍布衣服，便走出去了。

十七

吳長興家和王貴才家的距離，不過三里多路的光景。李杰一邊走一邊想著，不覺已經來到王貴才家的門口了。數間茅屋仍舊，屋角那邊的一塊小竹林還是先前一般地青蔥。稻場前面的池塘的水似乎快漫溢出來了的樣子，那曾為蘭姑所蹲在上面的洗衣跳板，快要被水浮起來了，——一霎時李杰又不禁回憶起來了當年蘭姑洗衣時的情景：蘭姑一邊用手洗著衣服，一邊側過臉來，向立在她旁邊的李杰靦腆地微笑道：

「大少爺，站開些呵！你那綢子做的夾袍，莫不要被水濺濕了。」

「我這綢子的夾袍倒沒有什麼稀罕，」李杰笑著更向她走近一步，說道，「可是你要當心點，別要落到水裡去了呵！」

「誰稀罕你說這些不利市的話來！」

說著這話時，蘭姑的臉上泛起一層薄薄的桃雲，很嫵媚地瞟了李杰一眼，遂又低下頭默默地洗衣服了。李杰這時覺得蘭姑是異常地可愛，異常地有詩意，一顆心禁不住在搖盪了……

「嗥！嗥！……」犬聲把李杰對於過去的夢提醒了。李杰還認得這一隻黃犬，即一年前見著李杰來時便搖尾乞憐的黃犬，不料現在見著李杰，如見了生人一般，嗥！嗥！不止地狂吠起

來了。它似乎有上前來咬嚙的模樣，李杰不禁著了慌，欲將它打開，而手中沒有棍子。

「狗都對我這樣地生疏，」李杰一瞬間很失望地想道，「說不定牠家的人也是這樣的呵！說不定牠家的人都在恨我呢……」

狗愈逼得厲害了，沒有給李杰繼續思想的機會。正在為難的當兒，忽聽見一聲嬌滴滴的叱狗的聲音。李杰舉目一看，不禁一時地呆怔著了。只見走向前來的，是一個十七八歲模樣的姑娘，身穿著藍布的衣裳，雖不時髦，然而並掩蓋不了她那健康的、細長合宜的身材，臉上沒有脂粉，微微地現著一種鄉村婦女所特有的紅紫色，可是她那一雙油滴滴的秋波似的眼睛，那帶著微笑的一張小口……這並不是別個呵！這是蘭姑，為李杰所愛過，適才又想起的蘭姑！

但是李杰知道很清楚，蘭姑久已死去了。他想起來了這是同蘭姑具著同一的音容笑貌的毛姑，蘭姑的妹妹。只僅僅一年多不見，毛姑已經長成和她的姐姐一樣，成了一個美人兒了。李杰呆望著向他走近的毛姑，一時說不出話來。毛姑走到李杰面前，向他很驚詫地細審了一番，半晌才羞怯地說道：

「我道是誰，原來是李大少爺到了。你看，我家的狗發了瘋，連李大少爺你都不認識了，如果咬傷了，那可了不得！」

毛姑臉紅起來，向李杰微笑了一笑。

「不，不，不會咬傷的！」李杰現著侷促的樣子，胡亂地說了這麼一句。毛姑不再說話，便轉身引著李杰向屋內走去。見

著毛姑將李杰引進屋來，正在打著草鞋的王貴才，將未完成的一隻草鞋一丟，立起身來，便走向前來將李杰的手拉起，很歡欣地叫道：

「我道是誰個來了，原來是你呵！大少爺，你一年多都沒有回來，簡直把我們的鄉間忘掉了罷？你幾時回來的？才回來嗎？」

毛姑仍向原來的位置坐下，兩眼望著門外，眉峰蹙著，如有什麼思索也似的。李杰和著貴才向上橫頭一條長凳子坐下，貴才依舊拉著他的手，開始向他問這問那。久別的兩位朋友四眼相對著，都表示無限的歡欣來。尤其是李杰感覺到異常的欣幸，原來貴才還是和他同往時一樣地親密呵！……

「你身上穿的什麼衣服？」貴才問。

「這是武裝便服，在軍隊中穿的。」

「你在革命軍裡很久了嗎？」

「有不少時候了。」

「你這次還回到軍隊裡去嗎？」

「不回去了，我是回來組織農會的。」

「你，你是回來組織農會的？」貴才大為驚異起來了。「農會不是打倒地主的嗎？」

「不錯，」李杰點一點頭說道，「農會是要為著農民說話的。農民被壓迫得太利害了，現在應當起來解放自己才是。」

「但是你的父親……」

　　李杰不待貴才說將下去，便接著說道：

　　「我的父親？我和他久已沒有什麼關係了。自從一年前跑到外邊之後，我連一封信都沒給家裡寫過。現在我這一次回來，你知道我沒有到家去過嗎？」

　　「怎嗎？」貴才更加詫異起來了。「你沒到家裡去過？你昨晚上在什麼地方過的夜？」

　　「在張進德的家裡。我恐怕就在他的家裡住下去了。家裡我是不回去的。」

　　貴才低下頭來，沉吟著不語，好像思想著什麼。一直坐到現在默然不發一語的毛姑，慢慢地將自己的眼光挪到李杰的身上，將他仔細打量了一番，似乎研究他所說的話是否靠得住的樣子，後來很羞怯地開始說道：

　　「大少爺，你真的和家裡不好了嗎？你是不是真革起命來了？」

　　「毛姑娘，我這一趟回來，就為著這個。等到一把農會組織起來，我們便要土地革命，便要不向地主納棵稻了。你家今年所收的糧食，再也不要向李家老樓挑了。」

　　毛姑聽了這話，即時將臉上的不快的表情取消了，很快樂地說道：

　　「大少爺，你說的是真話嗎？」

　　「誰騙你來？不是真的還是假的不成？毛姑娘，請你此後別要再稱呼我大少爺了，怪難聽的。就叫我的名字好了，或者叫

我李大哥……」

李杰說到此地，不知為什麼，臉上有點泛起紅來。毛姑現出一種感激的神情，然又含著笑，很嫵媚地說道：

「這可是要遭罪了。大少爺究竟是大少爺，我們怎麼敢這樣亂叫……」

王貴才見著自己的妹妹盡說些客氣的話，不禁插著說道：

「什麼大少爺小少爺的！李大哥既然革起命來了，那就是和我們一樣，沒有什麼少爺和小人的分別了。」

話剛說到此地，從門外走進來了王貴才的父親，李杰只得立起身來，走向前去，口稱「榮發伯」，很恭敬地見了禮。李杰只見他駝著脊背，口銜著旱煙袋，走路蹣跚的模樣，活現出一個勞苦的老農來。李杰記得，他耕種李家老樓的田，已經有幾十年了。在那駝背上或者還可以找得到幾十年的勞苦的痕跡來……。

十八

如果王貴才對李杰的態度是親密的，熱誠的，如果毛姑對李杰的態度是平常的，然於平常之中又帶著一點兒傲意，則老人家對李杰的態度，卻與他的兩個兒女的不同了。他恭恭敬敬地將迎接他的李杰扶到上橫頭坐下，向後退了兩步，向著李杰說道：

「大少爺是什麼時候回來的？有一年多沒有聽見大少爺的音信了。大少爺在外面過得好嗎？」

李杰侷促得要命，在和兩兄妹談話之後，他真不知道如何對待這位老人家才是。毛姑走到後面去了。貴才立在旁邊不動，臉上帶著一點兒笑容，李杰不明白他是在暗笑自己，還是在另想著什麼心事。

「呵呵，老伯請坐……我是昨天回來的……老伯在家裡好嗎？……」

王榮發聽見他的小主人稱呼他「老伯」，似乎也侷促得不堪，不知如何對待李杰為是了。

「不敢，不敢，大少爺別要客氣，」老人家說著，走至桌邊，伸手從茶壺裡倒出一杯茶遞與李杰，大概想借此以遮掩他侷促的神情。李杰至此，不問老人家高興聽聞與否，便將他自

己一年來的經過，如何脫離家庭，如何投入革命軍，現在又如何回到故鄉來……詳細地說了一遍。李杰不打緊地說了，可是將一個安分的老人家驚詫死了。第一，李杰說，他脫離了家庭，和父母斷絕關係，這就是大大的不孝，第二，李杰說，他回來組織農會，勸老人家不要再向李家老樓納課租了，這簡直是瘋話！老人家只當自己的兒子王貴才發了瘋了，卻不料這位李大少爺更發瘋發得厲害。這簡直是「一遍荒唐言，句句該打嘴」呵！但是老人家始終把李杰當做主人看待，不敢指責李杰的不是，只吞吐地說道：

「不過，李大少爺，恕我年老的人多嘴……這……這樣是不行的……家庭哪能夠不要了呢？依我想，李大少爺還是回家去望望，免得老爺和太太生氣……至於說不交租的話，大少爺你能夠說，可是我們耕人家田的絕對不敢做出這種沒有天理的事情！……」

王貴才聽見父親向李杰說出一些不耐聽的話，只氣得鼓著嘴，但又不敢做聲。後來他忍不住了，向他的父親說道：

「爸！別要向李大哥說這些話了！現在講的是革命，一些老道理不適用了。」

老人家將眼一睜，怒視著他的兒子說道：

「放屁！你知道什麼！我活了這麼大的年紀，難道連你都不如了嗎？！」

接著又轉過臉來，笑向著李杰說道：

「我勸大少爺還是回家去住的好。如果大少爺回到鄉里來不回家，這傳出去的確不好聽，說不定老爺和太太要見怪我們當莊稼人的呢。將兩位老人家氣壞了，那可不是玩的⋯⋯」

李杰見著老人家囉哩囉唆地不歇，不禁有點煩躁起來了，但又不便在他的面前發脾氣。他想，「我怎樣對付他才好呢？我怎樣才能說得他這一副老腐的腦筋明白呢？」李杰還沒思想出什麼方法來，只聽老人家又繼續說道：

「你看這上邊供的是『天地君親師位』，這不是大少爺你在幾年前親手寫的嗎？」

李杰不由得愕了一愕，怎嗎！這是他李杰親手寫的嗎？⋯⋯兩眼將那牆上貼著的一張已經褪了色的「天地君親師位」細細地審視了一下，李杰不禁想起來了：不錯，這是他李杰親手寫的呵！為什麼他於幾年前會寫出這種東西呢？他想起來，不覺自己也好笑了。

「老伯，此一時也，彼一時也，現在這種東西用不著了。那時我自己也糊裡糊塗，所以會寫出這種東西來，現在我可明白得多了⋯⋯」

老人家不等李杰說下去，便搖頭道：

「不，大少爺！無論時候變到什麼樣子，這幾個字總是丟不掉的。好，即如說現在是民國了，沒有君了，但是大總統不和君是一樣的嗎？不過稱呼不同便了。至於『親』，那更是丟不掉的，人而不尊重父母，那還算是⋯⋯（老人家本欲說出「那還算

是人嗎？那真是連禽獸都不如了！」可是沒有說出來，他即轉變
了話頭，恐怕太得罪李杰了。）自古道，『萬惡淫為首，百善孝
當先』，大少爺讀書的人，當然要比我們墨漢知道得多些。依我
之見，大少爺還是以搬回去住為妥……」

王榮發本待要繼續說將下去，可是手提著一竹籃青菜，他
的老太婆走進來了。老太婆見著李杰，又說出許多寒暄的話
來，問這問那地鬧個不休，可是一肚子不耐煩的李杰，只勉強
順口和她搭訕幾句，乘機立起身來，向王貴才說道：

「貴才！我一年多都沒回家鄉了，請你帶我走出去，在附近
逛一逛，好嗎？」

面向著稻場外面，立著不動的王貴才，也就老早不耐煩
了，一聽見李杰的這話，便即刻回過臉來，很高興地回答道：

「好，我們就走罷！」

貴才說著先自走出門去，生怕他的父親把他重新喊將回
來。李杰並沒有向兩位老人家說什麼話，也就跟著貴才走出門
來了。

王榮發見著兩位走出門去，自己痴呆地在門中間站立了一
回，吸了幾口已經熄了的旱煙袋，緩緩地自語道：

「你看，這才叫著怪事！我生了這麼樣大的年紀，從來沒看
見過！父母娘老子不要了，連田地家當也不要了。……怪事，
真真的怪事！」

剛要轉彎走進過道門的老太婆，聽見她的丈夫這樣說話，

不由得停住腳步，很驚訝地問道：

「你說誰個連父母娘老子都不要了啊？」

王榮發沒有回答他的老婆，回過臉來，重新走進屋內，向凳子坐下嘆道：

「唉！世道變了！」

十九

張進德望著走出門去的李杰的背影，暗暗感覺到一種為從來所未有過的歡欣。他意識到他從今後有了幫手了。在此以前，他有過問題而無處問，有過困難而沒有誰可以商量，雖然很堅信自己的力量，然而他總覺得有點孤單的痛苦。在這一鄉中，他是一班青年農民的領袖，再也找不出一個比他更為明白，更為有學問的人來。例如王貴才，劉二麻子，李木匠，吳長興……為人都是很好的，他們也很能聽張進德的話，然而在工作上，他們有誰個能夠做張進德的幫手呢？

現在有了李杰了。李杰不但因為是李敬齋的兒子，更能號召一般人，而且他進過學堂，讀了很多的書，做過許久的革命工作。張進德想道，如果李杰在這一鄉中為首干將起來，那是比較容易有成效的。青年們有許多問題，間或張進德也回答不出來，可是從今後有了李杰了，青年們當然對於革命更加要起勁了。

想像到將來和李杰一塊兒工作的情形，張進德不禁欣然地獨自微笑起來。在此以前，他萬料不到李杰竟會回來和他一道兒革命，—— 李杰本來是李家老樓的大少爺，地主的兒子，這一鄉的敵人呵！「世界上也真有許多難料的事情！」張進德後來

想道，「兒子會反對老子，地主的兒子會幹土地革命！……」

「表弟！」吳長興的妻從自己的臥房內走出來，向微笑著的張進德說道，「李大少爺是到王榮發家去嗎？我問你，他為什麼不回家？」

吳長興妻的話將他的思想打斷了。一瞬間就同沒聽明白她的話也似的，張進德向他的表姐帶著疑問也似地審視了一下，只見她的髮髻雖然是梳得很妥貼，可是右腮龐上的傷痕還未消去。他不禁又回想起昨晚的情景來了。

「你問他為什麼不回家？」張進德半晌方才說道，「因為他不願意回他那個不好的家了。他是革命軍的代表，他這一次回來是要革他老子的命的。你明白嗎？」

她將頭搖一搖說道：

「我一點都不明白。老子的命也可以革得嗎？」

「為什麼革不得？只要理對，無論誰個的命都可以革得。兒子可以革老子的命，妻可以革丈夫的命。」

「妻可以革丈夫的命嗎？」

「為什麼革不得？像長興哥這樣對你不好，你就應當向他革命。」

吳長興妻低下頭來，嘆了一口氣。過了半晌，方才抬起頭來，兩眼汪汪地望著張進德說道：

「表弟，你教我怎麼革法呢？這種狗也不過的日子，我真不願意再過下去了。他一有什麼不對勁，就拿我出氣，不是打就

是罵，你看這樣我還能活下去嗎？聽說革命軍也有女兵，我想我不如去當女兵去，打仗打死了也算了，免得在家裡和他過這狗也不過的日子。表弟，你也要幫幫我的忙才是，你看我可以去當女兵嗎？」

張進德不直接回答他表姐的問題，說道：

「長興哥的為人也並不怎樣壞，不過是窮糊塗了。荷姐！請你別要著急，我慢慢地自有法子。等到我和李大少爺將農會組織好了，我們定下一條章程：為丈夫的不准無故打老婆，誰個犯了這條章程，誰個就要受罰，那時包管長興哥也就不敢打罵你了。」

吳長興妻聽了這話，樂得兩眼幾乎淌出眼淚來，臉一紅，笑著問道：

「真的有這回事嗎？」

張進德笑著點一點頭。他的表姐繼續問道：

「你們什麼時候組織農會？也許我們女人加入嗎？」

「當然也許你們女人加入的。」張進德說道，「只要贊成的都可以加入。不過像李大少爺的父親那樣的人，是不准加入的。」

「表弟！我一定加入你們的農會！不加入便不是人！不但我要加入，我一定也要教李木匠的老婆、前莊子何老四的老婆，還有我的妹妹，一齊加入進來。表弟！我們女人不革命，真是不能混呵！」

張進德見著他的表姐這般高興的神情，的確為從來所未有

過。從他到她的家裡時候起，他差不多沒見過她舒展過一雙蹙著的濃眉，更沒曾聽見過她的笑聲。今天她這麼樣一樂，張進德不禁覺得她輕了幾歲年紀。本想再和表姐談將下去。可是張進德想起來去找李木匠的事情，便向他的表姐說道：

「哎喲，時候已經不早了，我要去找李木匠去。」

「請你也將這農會的事情告訴李木匠老婆一聲好嗎？使她聽了也快活快活。」

「我一定告訴她！」

張進德說著便走出門去了。她的表姐樂得忘記了她自己要到菜園裡去拔青菜，目送著他走了之後，便坐下獨自一個兒遐想。

「老婆也可以革丈夫的命，大概現在是我出頭的時候了。長興的脾氣太壞，動不動就打罵我，等到農會成立了之後，那時我看你再欺壓我罷，那時我看你這黑種諒也不敢了！……」

她卻不知道她的丈夫吳長興這時在路中，肩上擔著重擔的木柴，也在想著關於農會的事情。不過他的希望卻與他老婆的不同：他希望農會一成立了，他便可不再受東家的欺，不再如像現在的窮苦，而他的老婆卻希望著農會能幫助革她丈夫的命……

二十

　　光陰一年一年地過去，而李木匠所盼望著的漂亮的衣服，總還未穿到他的身上來。光陰一年一年地過去，而李木匠所盼望著的報仇的機會，總還未臨到他的手裡來。老婆日見不好看起來，他自己也逐漸一天一天地倒楣起來，說不出來是一種什麼碰見鬼了的運氣！

　　生性愛漂亮的他，偏偏生為一個窮苦的木匠，不但漂亮的衣服沒得穿，而且連吃飯都成為問題。他生得一副比較白淨的面孔，一雙使女人消魂的眼睛，一頭烏黑的頭髮，如果用漂亮的衣服裝飾起來，難道不是一個美男子嗎？但是他是一個木匠，雖然生著好看的面貌，卻不能達到他那愛漂亮的願望。每逢一見人穿著漂亮的衣服時，他不禁便悲哀起自己的命運來了。幸而他還有為人注目的一點，那就是他頭上的烏黑的頭髮，被他用了功夫，分開梳得光溜溜的，—— 即此一端，李木匠也可算為這鄉間的出色人物了。

　　尤為他引以為不幸的，那就是已故的老木匠，他的父親，不知發了什麼昏，為他討了一個膿包的老婆！據李木匠自己的意見，她不但生得如鬼也似的，並且如豬一般地笨，一點兒都不能給他以稍微的女性的安慰。他是怎樣地喜歡女人呵，可是

他的老婆卻這樣地膿包！這真令他悲哀極了！如果他自己也有個比較漂亮一點的老婆，那他何至於去偷人家的女人？那他何至於被胡根富家打了一頓，至今身上的傷痕還是斑斑點點的？

那是前年的春天，胡根富家請李木匠打一張木桌，為的是他的手藝比別人強些。胡根富有兩個媳婦，那個大媳婦也是一個鄉下的膿包貨，惹動不了李木匠的春情，可是那個二媳婦，據說是城裡人，卻有點風騷可愛了。李木匠在胡根富家只做了兩天工，便於第二天夜裡和胡根富的二媳婦勾搭上了。也是該李木匠活倒楣，不料他和胡根富的二媳婦正在稻場上的草堆裡雲行雨意的當兒，胡根富的二兒子鬼使神差地找了來，便將一對愛人兒活捉住了。李木匠見勢頭不對，本待要逃跑，可是胡根富的二兒子的力氣很大，一把將他按在地下，用拳頭將他痛打了一頓。這一次他吃的苦可真不小，幾乎被胡根富的二兒子送了命。在黑夜裡一步一步地連爬帶走逃回家去，因為傷太重了，在床上足足躺了五六天。

他不敢聲張，白白地吃了一頓老虧。但是說也奇怪，李木匠因為偷女人被打的這種消息，也不知被何人說出，不久便傳遍鄉間了。凡是家有女人的，都存著戒心，李木匠莫不要來偷他家的女人罷？……這麼一來，李木匠的災禍卻真正地臨頭了！凡是家裡有年輕的女人的，誰個也不敢請李木匠到家裡做活了。李木匠既失了大半的僱主，他便逐漸窮困下來了，幸虧還有一個膿包的，然而能苦累的老婆，否則，他就此弄得討飯

也說不定。

　　鄉間有一些好事多嘴的傢伙，每逢一遇到李木匠時，便要打趣他，弄得他氣也不是，笑也不是。

　　「李木匠，胡二嫂子的味道好不好？」

　　「胡老二的拳頭梨，你吃得有味嗎？」

　　「現在又和哪家的女人勾上了？」

　　「…………」

　　李木匠一聽到這些打趣他的話，便紅著臉走開了。這是他最沒有名譽，最倒楣的一件事，如果誰個一提起來，他便覺著有無限的羞愧和難過。「向胡根富的二兒子報仇呵！……」他總是這樣想著，但是事情已過了兩年了，李木匠的仇終沒有報。胡根富家逐漸地有錢起來，而李木匠卻依然過著窮苦的生活。近來李木匠益發窮苦得不堪了，幾番想去投軍吃糧，然而又捨不得，雖然是不好看的，然而是很忠實的老婆。

　　別要看李木匠的行為不檢，別要看他是倒楣，可是他卻生著一副硬骨頭，不肯在人們面前示弱。他本是李家老樓的近族，因為李敬齋討厭的是窮苦的家族，李木匠便也就硬著頭，不去向他家告饒。如果有人問他：

　　「你和李家老樓李大老爺怎麼敘？」

　　李木匠便不高興地將臉一翻，說道：

　　「我也不請求你修譜，你問這樣清楚幹什麼！他姓他的李，我姓我的李，沒有關係。」

　　自從前年以來，李木匠覺得他在這鄉中是一個孤零零的人了。一般青年人見了他的面，不是打趣他，便是罵他，簡直沒有一個同情他，和他做朋友了。他也就很傲著性子，不理睬他們，故意地把他們不放在眼裡。

　　半月以前，張進德回到家鄉了。起初，李木匠並不向他表示著親熱，可是見了幾次面之後，李木匠覺得張進德並不像其他的人儘管輕薄他，於是他便和張進德親近起來了。張進德覺得他很忠實天真，慢慢地和他說這說那，說到革命的事情，也說到李木匠的窮苦的生活……李木匠驚訝張進德很有學問，以為是一個了不起的人物，便諸事都信從他。張進德勸他別要過於欺壓他的可憐的老婆，他近來當真地聽從張進德的話，很少有打罵老婆的時候了。

　　今天他幫著他的老婆在山腳下鋤地，低著頭兒默不一語。手腕酸了，他暫時停了工作，舉目向前面的大路上望了一望，只見前面的一個人正向他這兒走來，不待細看，他已經認識他的朋友張進德了，他將鋤頭往肩上一丟，便迎將上去，遠遠地就打招呼道：

　　「進德哥你來了嗎？」

　　「你們夫妻倆在鋤地嗎？豆子今年長得好不好？」張進德說著，便和李木匠對起面來了。李木匠要他進茅舍裡吃一杯茶，可是張進德不肯，將李木匠拉到草地上坐下，開始向他說出來意。

　　「李大少爺難道也和我們一道嗎？」李木匠射出不信任的、懷疑的眼光，向張進德望著。「農會是我們農人的，窮光蛋的會，和他有什麼相干呢？說起來，我們還要反對他呢。」

　　「老弟，你不知道，李大少爺和他的父親是死對頭，他看不慣他父親的胡行霸道，所以這次回來幫我們，將農會組織起來，和他老子做對……」

　　李木匠將手中的鋤頭向地上點了幾下，兩眼逼直地向前望著。張進德知道他在思想著他所說的話。

　　「你不相信嗎？」張進德問。

　　李木匠忽然如夢醒了也似的，驚恠了一下，趕快回答道：

　　「不，不，我並不是不相信你的話，不過覺著有點奇怪罷了。那嗎，我們什麼時候動手呢？」

　　張進德便教李木匠騰出一天功夫來，好和他所認識的人報告一聲，請他們後天都到關帝廟裡開會……

　　李木匠很欣然地答應了。

　　「進德哥！以後無論你有什麼事情叫我做，我沒有不做的。」後來李木匠很慎重地說道：「在我們這一鄉間，我只信任你一個，你知道嗎？那些狗娘養的，造他媽，和我是合不來。」

　　「這也不可一概而論。年輕人不知事故，嘴裡亂說，其實他們都很不錯呢。例如王貴才，劉老二……」

　　張進德還未將話說完，李木匠將兩眼睜得一圓，有點不平的樣子說道：

「你說的是劉二麻子嗎？這小子想老婆想得渾了，老是和我做對，他媽的！」

張進德略微將頭部側過一點，見著繼續在鋤著地的李木匠的老婆，遂笑著說道：

「你近來又打過你的老婆嗎？」

李木匠即時呈出笑容，搖一搖頭說道：

「我的老婆走了運，近來我沒有打過她了。」李木匠說至此地，不知為什麼沉吟了一會，後來帶點傷感的聲調說道，「說一句良心話，我怎麼配打她呢？她苦呀累呀沒有歇過，而我反來要打她罵她……自從聽了你的話以後，我就變了。有時想起來從前我待她那樣地不好，不免要懊悔起來。唉，你看她是怎樣地可憐！……」

李木匠的神情深深地在表示著他對於過去有了懺悔的決心了。張進德不禁為他所感，很同情地望著他那蹙著的濃眉毛，想找出一兩句話來安慰他。但終於沒說出來。忽然想起荷姐的吩咐，張進德便笑著向李木匠問道：

「你知道農會組織起來了，要有一條章程嗎？」李木匠連忙問道：

「有一條什麼章程呢？」

「為丈夫不得無故打罵自己的女人。你贊成嗎？」李木匠笑著沉吟了一會，說道：

「贊成我倒是贊成的，不過我總覺得這一條章程沒有什麼大

要緊……」

「不，很要緊！大家都是人，為什麼女人要受男人欺呢？不加上這一條章程，那我們的農會便不能算為農會。」

「不過，我想，不贊成這一條章程的怕很多呢。比方你的表姐夫便不贊成……」

「他不贊成也不行，我的表姐要革他的命了。我的表姐告訴我，她要將我們這一鄉的女人們都聯合起來，革命……」

李木匠不禁笑起來了。

「我的乖乖，女人也起來革命嗎？哈哈！」

張進德昂頭看一看空中的太陽，見著快要到吃中飯的時候了，便立起身來，將屁股上面的灰土拍了一拍，說道：

「好，我要回去了。你當心點你的老婆罷，謹防她要革你的命呵！」

「我不怕她，」李木匠也立起身來搖頭笑道，「她是一個膿包貨呵。大磨都壓不出一個屁來。」

張進德轉身去了。李木匠望著他的背影，心中還是繼續著發笑：「我的乖乖，女人也要起來革命了！哈哈！……」他不禁向自己的勞動著的老婆很有趣地，沒有惡意地，笑瞇瞇地瞟了幾眼。

二十一

久別後的兩個青年朋友，就如魚遇著水也似的，歡欣太巨大了，兩人都一時地不能將它表示出來。李杰說，要貴才引著路，瞻覽一瞻覽別後的鄉園⋯⋯可是走出了大門之後，兩人的談話卻使得李杰將瞻覽景物的心情拋棄了。貴才宛然忘記了李杰是和他身分不同的人，絮絮叨叨地為李杰述這兩年來的家鄉的變更，以及李杰的父親的近狀。

「不久從城裡帶回來一個小老婆，」貴才忘記了李敬齋是李杰的父親，好像談論著關於別人的事，很欣幸地說道：「可是過了一個多月就死了，大概是她不走運。」

「你沒聽見我的母親怎樣嗎？」

「呵，這可沒聽見。」貴才搖一搖頭，略露出一點抱歉的神情。李杰沉默著不做聲了，兩眼只向李家老樓所在的方向往去。貴才的家距離李家老樓不過半里路，因之望得很逼真。只見那圩埂邊有一個人在徘徊著，活像李敬齋的模樣，然而李杰並不向貴才提起他所見的對象，掉轉話頭，向貴才問道：

「你家近來怎樣呢？」

貴才兩眼望著地下，無精打采地說道：

「怎麼樣，還是和從前一個樣！去年借了許多債，今年還沒

有還清，又加之年成不好……」

貴才說至此地停住了，舉目向李家老樓所在的方向往著。李杰明白了他的意思，不禁紅了一下臉，說道：

「我的父親還像從前一樣地凶嗎？」

「你想他會好一點嗎？我真不知道你為什麼有了這種父親……」

李杰一瞬間為做錯了什麼事也似的，深深地對貴才起了愧對的感覺。真的，他為什麼會有這種不好的父親呢？……

「這又有什麼辦法呢？」李杰帶著愧意地笑道，「別要著急，今年你家就可以不將棵稻挑給他了。我這一次回來，也可以說是專為和他做對呢。」

貴才沒有做聲。兩人默默地走了幾分鐘之後，李杰看見前面有一個生滿著的青草土堆，便走向前去，將貴才拉著坐下了。坐下了之後，兩人如同陌生也似的，又重新互相審視一番。彷彿各人都要在自己友人的臉上，找出別後的變更的痕跡來。貴才的一雙秀長的眼睛還是像從前一樣地放著光，可是在表情上已大半脫去先前的孩子氣了。他已成了一個年輕的農人了。見著他剃得光圓圓的頭，李杰不覺發生一種特別趣味。如果這是在以前的時候，李杰一定又要將貴才的光圓圓的頭摸一摸了。

貴才見著他的朋友，也不像先前的模樣了。李杰身穿著武裝便服，頭戴著一頂捲邊呢帽，這令貴才覺得，他已成為了一

個很莊重的人，而不像先前的有點頑皮的李大少爺了！只見他滿臉呈現著風塵的疲勞，不似先前白嫩的面色，腮龐上的兩個笑窩也不如先前的活潑了。但是他的兩眼英氣逼人，這證明他仍舊沒有改變他先前的性格。

「幸虧你早回來兩天，」貴才將李杰打量了一番之後，說道，「不然的話，我們怕見不到面了。」

「為什麼呢？」李杰很驚異地問。

「我打算後天上城裡去投革命軍去。」

李杰初聽著貴才的這一句話，如不明白他的意思也似的，向著他的嚴肅的面容呆怔了一會。後來李杰問道：

「你家裡讓你去當兵嗎？」

「我要去，他們不願意，也是沒有法子想。我這兩條腿是幹什麼的呢？」貴才說著時，將兩腿動了一動。「你不也是從家裡跑出去的嗎？」

「唉，不瞞你說，」貴才伸出兩隻粗黑的手給李杰看，向著李杰繼續說道，「這雙手已經勞苦得夠了，你看看這種粗黑的樣子！一年忙到頭，到底為著何來？你看看我身上所穿的衣服，你看，這不是破了幾個洞嗎？我們在風裡雨裡累著，卻連一件好衣服都沒有穿，你看這種日子還有什麼過頭呢？像這種鄉下人的日子，我是不願意過了。我老早就想去當兵，總沒有當得成，現在我可真要去當兵了。聽說當革命軍的兵比一切都好……」

「你恐怕還不盡知道我們的苦楚，」貴才停了一會，又繼續說道，「因為你究竟是沒有拿過鋤頭呵！……老實告訴你，我從前老是羨慕你，看見你吃好的，穿好的，住好的，並且能夠上洋學堂唸書……你知道我是怎樣地想唸書呵！可是我偏偏生成是一個窮人，空有唸書的志願。過著壞日子，這我也並沒有什麼話說，不過我不能唸書，這卻是我最大的恨事！你想，目不識丁，該多麼苦呵！」

貴才說著，臉上現著痛苦的神情。李杰靜聽著他的可憐的年輕的朋友，不知拿出什麼話才能安慰他。一邊望著貴才的聰明的面孔，一邊想道：「如果他能唸書，那他一定是很聰明的呵！……」

「我老是想，」李杰又聽著他的朋友說道，「現在的世界真是太不公道了！坐著一點不動的，反來什麼都有，快活不盡。終日勞苦的，反來連飯都沒有吃。我不相信我比那些公子哥兒笨些，可是我沒有書念，只得……」

貴才沒將話說完，嘆了一口長氣，將頭低下去了。李杰見著他的黝黑的頸項，呆怔了一會，後來開始安慰他的朋友道：

「老弟！你別要灰心，將來總有唸書的機會。現在的世界真是太不公道了，也就因為這個原故，我們才要革命。革命並不是如先前一樣，只是我把你打倒，或是你把我打倒，就算了。我們現在要把這窮富的制度改變一下。我們要做到『誰個勞動，誰個才能吃飯』的地步。這田地本來是天生成的，誰個也不能占

為己有。換句話說，只有種田的才能享受田地的……權利，什麼不勞而獲的地主，是不應當存在的。你明白這個道理嗎？」

「我比誰個都明白些。」

「那就好了，」李杰又繼續說道，「事情在乎我們幹不幹。我們在幾天之內就把農會組織起來，張進德已經在進行了。事情要大家齊心才成，一個人是不能夠的。你也不要去當兵罷，那當兵也沒有什麼多大意思，不如我們在鄉里好好地幹起來。我想，你是很有用處的，張進德說你很能幹……」

「真的，張進德是這樣說的嗎？」貴才聽了李杰誇讚他的話，不禁即刻眉開眼笑起來了。

「自然是真的羅。」李杰說。

天已快要到吃中飯的時候了。各遠近的村莊裡冒著炊煙，一股一股地消散在清澈無雲的碧空裡。在田中工作著的農夫們，有的已開始走回家去就餐了。在距離李杰們不遠的一條田埂上，有一個荷著鋤頭的青年農夫在一邊走，一邊唱著音調尖脆的山歌。李杰曾在什麼時候也和著貴才唱過這只山歌，但是他現在卻只能聽懂而不能再唱了。

「天不早了，」貴才昂頭望一望頂上的太陽，說道，「我們要回去吃午飯了。」

「我也到你家裡去吃飯嗎？」

貴才聽了李杰的話，不禁立起身來笑道：

「怎嗎？你嫌吃不來我們家的飯嗎？要想和我們一道革命，

便要先學學吃我們的飯呵！」

　　李杰也笑起來了。

　　「不是這麼說，我是怕你那位尊大人又要叨叨個不歇呵。……」

二十二

　　已是夜闌人靜了。毛姑在自己獨自睡的竹床上，總是翻來覆去不能入夢。一顆平靜的少女的心，今夜晚算是搖盪起來了，如脫了羈絆的小馬也似的，她無論如何，不能將它挽住。又如一隻跳躍著的小蟲也似的，她總是將它捉摸不定。她覺著有一種淺淺愁悶的雲霧將她籠罩著了，同時她的柔軟而又縹緲的情緒，又似乎在為著什麼而歡欣著也似的……她到底為著什麼了呢？幽怨嗎？懷春嗎？抑是今夜的月光特別地皎潔，照在她的枕上，引動了她對於過去的回憶嗎？不，不是因為這個原故……

　　日間毛姑的哥哥和李杰的談話，差不多都被她在籬笆後偷聽著了。她是一個女孩兒家，而且是一個鄉下的女孩兒家，當然沒有膽量，如她的哥哥貴才一樣，和來到家裡的李杰說這問那，雖然她是很要知道外邊的情形，例如上海的女人穿什麼衣服，廣東的女人是不是大腳，以及關於她所聽見的一些稀奇的傳聞，是不是真有其事……但是她是一個女孩兒家，只得暗地偷聽著他們倆談論些什麼。可是貴才向李杰所問的話，大半都不是她所要知道的，而她所要知道的，不懂事的貴才卻一點也不提及。貴才為李杰述些鄉間的疾苦，而李杰卻說些為毛姑所不大明白的話，什麼北伐軍……國民革命……打倒帝國主

義……喚起民眾……婦女部……女宣傳隊……毛姑當然不明白這些是什麼一回事。鄉間的僻靜的生活，尤其是女人們的生活，限制住了毛姑的聽聞，因此毛姑雖然偷聽了李杰的話，卻不能明白那些話的意義。

但是，在別一方面，她又隱隱地感覺到她有所領悟了的樣子。在此以前，她只知道這鄉間的貧乏、簡陋的生活，只知道有錢的人們，例如李家老樓的人，穿好的，吃好的，住好的，而他們，做莊稼的窮人，過得是不好的日子，而這日子是將永遠地繼續下去，無變更的可能，而且差不多也沒有變更的必要。她只知道她現在還沒有出嫁，等到出嫁了之後，那當然是嫁給一個身分和她相等的人，一個農家的兒子，也和她的媽媽所經過的一樣，幫助丈夫做莊稼，燒鍋，生兒子……每一個農人家的女兒都是這樣地經過，她，毛姑，又何能想出例外的事呢？

現在毛姑卻覺到了，那就是除開這種平常、沉滯、單調的生活而外，另外還有一種別的，為她所不知道的，也許是有趣的生活。什麼婦女部，女宣傳隊，革命……這是一種別的生活，和她現在所過著的完全不相同的生活。在這鄉間，女人們的職務只是服侍丈夫、燒鍋、生孩子，而在那外邊，在那為毛姑所沒到過的地方，什麼廣東哪，上海哪，漢口哪，卻有著什麼婦女部，女宣傳隊，宣傳著一些什麼革命的事情……這的確是別一種的生活呀！而這生活也許是有趣的，正當的罷，否

則，那些女子們為什麼要幹這些事呢？

聽見革命軍中有女兵，毛姑無論如何不願意相信。女子也可以當兵嗎？那倒成個什麼樣子？那將成為些野人，不能稱為女孩兒家了。可是今天聽見李杰的話，革命軍中真正地有女兵，並且她們很勇敢，很會宣傳什麼革命。「那些女兵到底不曉得打扮得像個什麼樣子呵？有機會能夠看一看，也是怪有趣的……」她不禁這樣地幻想著，由於緊張的幻想，她的一顆平靜的心便不住地跳動了。

她是很怨恨李杰的。她平素想道，如果沒有李杰，那她的親愛的蘭姐便不會懷孕，便不會死去。蘭姐完全死在李杰的手裡呵！……「可見得女孩兒家要當心呵！一不當心，便會上那些沒有良心的男子漢的當。蘭姐自己太不當心了！明明知道李大少爺不能娶自己，為什麼要和他……呢？李大少爺會娶我們窮人家的女子嗎？」毛姑一面責備自己姐姐的不是，一面卻深深地將李杰懷恨在自己的心裡。

見了李杰之後，毛姑不知為什麼，完全將恨李杰的心思拋棄了。她只對於他的經過，以及他所說的一切，發生深切的興味，而將他的罪過忘懷了。曾有一瞬間她想道，「如果我也是一個男子漢，也能像他這樣跑到外面去，見一見世道，倒多麼好呵！真的這鄉間的死板板的日子有什麼過頭呢？……」

毛姑今夜晚完全被一種為她所沒經過的，別一種的生活所引誘住了。她睜著兩隻眼睛向著略透一點微光的窗孔望著，

而腦筋卻幻想著女兵的生活，打仗的情形，上海的熱鬧……最後她不由自主地轉想到李杰的身上，想起他的那一雙英銳的眼睛，那珠紅染著也似的口唇，那溫雅而又沉著的態度，一顆處女心不知怎的，忽然異樣地動了一動，接著她便覺得臉上發起燒來。她用手按著胸部，慢慢地將眼睛閉下了。一種從來所沒有的特異的感覺，使她的全身心緊張起來，幾乎陷入到病的狀態。

在處女的生活史中，毛姑今天第一次感到對於男性的渴慕了。她還沒有正式地意識到她愛上了李杰，但是她感覺到李杰這個人隱隱地與她的命運發生了關係。李杰現在和他的哥哥睡在她的隔壁的房間裡，她能微微地聽出他的鼾聲，那鼾聲不似貴才的那般沉重。唉，如果她現在能夠偷偷地走至他的床邊，仔細看一看他那睡著後的姿態……

後來她想道：「他居然完全不擺大少爺的架子，也吃得來我們家的飯，也睡得來我們家的床被，簡直和我們家的人一樣了。蘭姐沒有福氣，不能嫁給他。不然的話，活到現在，革命起來了，李大少爺也許娶她的呢。你看，他不是不要家了嗎？現在睡在我家裡嗎？……」毛姑不但原宥了李杰的過去，而且反轉來為蘭姑可惜，同時她想到她自己現在能夠見著李杰的面，能夠聽見他的談話，而且能夠在隔房裡聽見他的鼾聲，不禁隱隱地起了一種難以言喻的歡欣。也就被這一種歡欣所引誘著，她慢慢地走入夢鄉了。

二十三

　　第二天的下午，在吳長興門外的樹蔭下，聚集了許多人：吳長興、李杰、王貴才、張進德、劉二麻子、李木匠，及兩個本鄉的青年。吳長興的老婆坐在屋裡沒有出來，也不知是因為她自己不高興參加男人們的會議，抑是男人們的會議不准她參加。除開李杰外，其餘的都是所謂本鄉的不安分的分子，即如到會的那兩個本鄉的青年，也是因為一個是很頑皮，而另一個是癲痢頭，得不到本鄉人的歡喜的。

　　李杰和張進德坐在上邊，而其餘的人們都向著他們倆圍坐著。在座的人們的臉上彷彿都是很靜肅的，即如那個生著黃髮的頑皮青年，到了現在也不像往日的那般頑皮態度了。他們好像都意識到他們在開著一個意義很大的會議，而這會議不但與每一個人的命運有關，而且和一鄉的命運有關。平素在生活中看不見自己本身的意義的，現在忽然感覺到自己在這生活中占著重要的位置了。

　　先由李杰用極淺近的話，向在座的人們說了一些國際間的情形，中國的現狀，北伐軍的進展，以及工農的解放運動。最後他說到本鄉的情形，他的臉上有點發紅，然而他終於在眾人的有趣的，疑信兼半的眼光之下，很坦然地將自己的父親的虐

待農人的事情說了一遍。

「我們現在只有將農會組織起來，」他最後的結論說，「好和地主對抗，不然的話，種田的人的痛苦是永遠沒法脫去的。」

等李杰說完了之後，張進德把自己所懂得的又向大家解釋了一番，勸勉大家努力團結起來。

「現在是革命的時候了呵！」他很嚴然地，沉重地說道，「我們還不起來幹一下，還等待什麼時候呢？諸位試想想剛才李先生所說的話錯不錯！要想出頭的，那嗎現在就要將農會趕緊組織得好好的，不想出頭的，那也只得讓他去，你們有什麼話說嗎？」

張進德立著身子不動，只將放著炯炯的光的兩眼向大家射著，期待著大家的答案。這時在座的人相互地你望望我，我望望你，有的低下頭來，一時的默然。忽然李木匠立起身來，咳嗽了幾聲，紅著臉說道：

「我看，我們總是要幹的，沒有什麼多說頭。不過李大少爺是不是能和我們幹到底，這倒要問問李大少爺一聲。如果半截腰裡不幹了，那我們不是糟糕嗎？」

大家聽了李木匠的話，齊向李杰射著懷疑的眼光，這使得李杰深感著不安起來。李木匠的對於他這種不信任的態度，以及眾人向他所射著的懷疑的眼光，將他的驕傲心觸動了，不自然而然地向著坐在拐角上的李木匠，他的族叔，怒視了幾眼，硬行按著性子，鎮定地說道：

「木匠叔叔所慮的極是，不過請大家放心，」他微笑了一笑。「我是不會裝孬種的。李敬齋他雖然是我的父親，可是我和他久已沒有關係了。因為和家裡鬧翻了之後，我才跑到外邊去過了一年多，木匠叔叔難道不知道嗎？……」

李杰待要說將下去，不料坐在他的前面的矮子王貴才陡地立起身來，忿忿地向大家說道：

「李……李大哥，（貴才不知在眾人面前怎樣稱呼李杰才好。）請你別要多說了，我想在座的人，除開李木匠而外，沒有不相信你的。你不是來幫助我們革命，是來幹嘛呢？如果你沒有真心，那你也不致於來和我們瞎糾纏了。這於你又有什麼好處呢？我看我們討論正經事要緊，別要七扯八拉地說到旁的地方去了。」

李木匠待要立起身來反駁貴才的話，只聽得張進德向貴才微笑著點頭說道：「對！不錯！」知道自己如果再說話也沒有好處，便沉默著不動了。劉二麻子見著貴才將李木匠說了一頓，不禁表示出很得意的神氣，連臉上的麻子都放起光來。如果不是張進德和李杰在座，說不定劉二麻子要說出幾句俏皮話，而李木匠要因此和他吵打起來。

貴才見著大家向他展著同情的微笑，不知為什麼，反而紅起臉來，也許是由於得意了的原故，悄然地坐下了。接著張進德又開始說道：

「真的，我們現在要討論正經事，農會怎麼樣組織法。比方

會裡要分為幾部，什麼會長，祕書，帳房……」他轉過頭來，向坐在他旁邊的李杰問道，「李同志，你看怎麼樣才好？」

李杰沉吟了一會方才說道：

「我看越簡單越好，可不是嗎？」

「就分為會長，祕書，帳房，還有……跑腿，這幾項，你看好嗎？」

「跑腿也能算一項嗎？」貴才急著問。

「跑腿很要緊呢！在我們的鄉里，如果沒有跑腿的，那有起事情來，大家怎麼知道呢？」

「這個差使我來幹。」李木匠聽見劉二麻子說著這話，很輕視地向他瞅了幾眼。

「跑腿我是頂在行的。」黃頭髮的頑皮青年這樣笑著說。可是沒有一個人睬他。

「我看這樣分得很好，」後來李杰立起身來說道，「會長，祕書，帳房，跑腿……到將來事情多了的時候再說。比方還要加上婦女部……」

「什麼婦女部？」沉默到現在的吳長興，忽然發問了這麼一句，大家都驚異地向他望著。

「婦女部是管理婦女事情的。」李杰說。

「農會也要管到婦女的事情嗎？」有兩個聲音同時這樣驚異地問。

「這真是三叉口的地保管得寬呢。」李木匠輕輕地帶著譏諷

的口吻說了這麼一句。李杰明明聽見了李木匠的話，知道他因為不滿意李敬齋，李杰的父親，而遂連李杰也不高興了。但是李杰不和李木匠計較，又繼續說下去道：

「是的，農會也要管到婦人的事情。不過暫且婦女部不要，等到將來再說。我看，現在大家要慎重商量一下，舉出誰個來做會長妥當些。」

一時的默然。李杰見著大家不做聲，遂又說道：

「我提議我們舉張進德來幹，你們贊成嗎？」

正在立著不動，好像在思想著什麼也似的張進德，聽見李杰的這個提議，起初不明白是什麼一回事，後來忽然將頭搖了幾下，擺手說道：

「不，這是不可以的。我怎麼能當會長呢？我連字都認不得一把，你們看怎麼行？我看這會長，除開李同志幹，沒有第二個人，你們說對嗎？」

眾人齊聲附和著說道：

「對！贊成！」

這時唯有李木匠默不一語，如很失望也似的，低下頭來。李杰注意到李木匠的這種神情，不禁暗想道，「他為什麼老是這樣地不快活我呢？我並不是李敬齋呵！……」李杰一面這樣想著，一面向大家堅決地說道：

「不，這個是絕對不可以的。當會長並不要什麼識字不識字，最要緊的是明白，會幹事。試問你們哪一個不佩服張同志

呢？這會長是一定要他幹的。至於祕書，那我看，倒要我來幹了，因為這要寫字，不識字的人是幹不了的。頂好張同志當會長，我當祕書，這樣做起事來便當得多。」

張進德欲再說什麼話，李杰將他止住了。會場聽了李杰這一番話之後，雖然沒有一個做聲，可是在他們的表情上，已都承認李杰的意見是對的了。

「那嗎還有帳房和跑腿誰個幹呢？」貴才又急著問。

「當帳房的也要認得字，」劉二麻子紅著臉說道，「我看也要李……李大少爺來幹。還有跑腿……我來幹好不好？這反正不要什麼學問，只要兩條腿跑得快就得了。」他說完話，向李木匠望著，生怕李木匠說出反對的話來。

「這樣也好罷，」張進德說道，「就是這樣決定罷了。我本來沒有當會長的力量，不過大家既然要我幹，那我也只好幹起來。明天關帝廟的大會，大家要多多地帶些人來，我們的農會也就在明天宣布成立……」

「會所放在什麼地方呢？」貴才又起來問。

「就放在關帝廟好嗎？」張進德問。

「恐怕老和尚不答應。」直到現在不被人理睬的癩痢頭忽然說了這麼一句。他的朋友，那個黃頭髮的頑皮青年，人家稱為小抖亂的，吐了一口痰沫，表示出輕視的態度，說道：

「呸！管他媽的願意不願意！現在是革命的時候了，弄得不好，我們發起火來，叫他那光葫蘆滾回老家去。」

　　大家不禁同聲笑起來了。

　　後來大家胡亂地說了一些話便散了會。劉二麻子得到了跑腿的差使，如同做了大官也似的，一路的山歌唱回家去。李木匠雖然拋棄不了懷疑李杰的心思，可是也很滿意地和張進德辭了別。黃髮青年和他的朋友癩痢頭相互地挽扶著肩背，在歸家的途中商議著，如何收拾關帝廟的老和尚⋯⋯唯有吳長興始終沒有明白一個問題，繼續地在暗自思忖著：「為什麼農會要管到女人的事情呢？」

二十四

　　本來僻靜的、沉滯得幾如死水一般的鄉間的生活，近兩日來，忽然沸騰起來了。在田角間，在茅屋內，或在路途上，到處言談著關於農會的事情。似乎發現了一種什麼奇蹟也似的，大家的心都為著這奇蹟所刺動了，期待著一種新的命運的到來。老年人聞著這種消息，心裡也何曾是漠然不動，但是在表面上，他們總是都很不在意地，輕蔑地以這事為瞎鬧。

　　「這些痞子又不安分起來了！」老年人說道，「什麼農會！瞎鬧罷了！我看他們能弄出什麼花樣來！……」

　　但是好動的，多事的，身心還未為舊的生活和觀念所吞食了的青年們，卻很高興地響應起來。他們還不大明了農會是什麼東西，農會將來能給他們什麼些利益，但是他們毫無懷疑地即刻將組織農會的事情，認為最有趣的，和自己命運有關的事情。如果老年人以為組織農會無異是犯法的行為，那青年們便以為這農會是他們的唯一的出路……

　　聽說要在關帝廟開大會，無論老年人、青年人或婦女小孩子，都動了不可遏止的好奇心，以為非去看一下熱鬧不可。關帝廟是時常有香會的，每逢香會的節期，便扶老攜幼地來看熱鬧，——這次有些鄉人們也就把農會當成新花樣的香會，要來

看一看為他們從來所沒看見過的熱鬧了。懂事的老年人雖然以這種開會為不正當，但是他們存著一種心思：「看看你們這些痞子鬧些什麼玩意兒呵！……」於是他們也就來赴關帝廟的大會了。青年人一方面固然是趕熱鬧，但是一方面卻為著組織農會的口號：「土地革命」、「減租」……所鼓動著。以為非參加關帝廟的大會不可了。他們成群結隊地來赴會，一種特別的歡欣貫穿了他們的跳動著的心，使得他們今日所唱的山歌也特別地美妙好聽起來了。

有的婦女們帶領著小孩，也喜笑顏開地來赴會，雖然她們不知道這會究竟是什麼一回事。

不到午後兩點鐘的光景，關帝廟前的空場上，人眾已擠得滿滿的了；無數的頭顱亂動著；幾百張口噪雜著的聲音，令距離很遠的地方都聞得見。有的三三兩兩地談著話，有的臉上露出不耐煩的神氣，罵道：「媽的，為什麼還不開會呢？」有的婦女見著自己懷內的孩子哭了，咒罵幾句，打拍得幾巴掌，使得已經哭了的孩子更加嚎叫起來……

大家期待著舞台的開幕。只見擺在空場中間的一張木桌子上，立起一個漢子來，向他下面的人眾舉一舉手，高聲說道：

「請大家不要說話，放靜一點，我們現在要開會了……」

「這是張進德呵！」臺下有人這樣說道，「這小子的喉嚨這樣響。」

「別要做聲，聽他說。」

「我將今天開會的意思告訴大家一聲，」大家都很寂靜地聽著張進德說道，「就是我們要組織農會，要和田東家反抗。大家想想，我們種田的人終年勞苦個不休，反來吃不飽肚子，穿不了一件好衣服，這是因為什麼呢，你們曉得嗎？」

張進德說了這一句話時，睜著兩隻大眼，炯炯地向臺下的聽眾望著，好像要期待著他們的回答也似的。臺下這時寂靜到風吹樹葉的聲音都聽得見，沒有一個人敢大聲出氣。不知為什麼，連小孩子也不做聲了。

「這是因為我們做出來的東西，」停了一忽兒張進德將手一伸，說道，「我們自己得不著，反來送給動也不動的田東家了。我們簡直像田東家的牛馬一般……」

臺下忽然不平靜起來了，只聽得噪雜聲音：

「不錯，真不錯！媽的！」

「我們真像田東家的牛馬一樣。」

「就是牛馬也比我們好些呵！」

「媽的！」

「…………」

「這又怪誰個呢？」張進德的這一句話，又把臺下噪雜的聲音壓平靜了。

「這是怪我們自己呵！大家試想想，如果我們種田的人都聯合起來，不將我們的棵稻送給田東家，試問田東家有什麼法子呢？這田地本來是天生成的，大家都有使用的權利，為什麼田

東家能說這田地是他們的呢？為什麼他們動也不動，為什麼我們乖乖地將自己苦把苦累所做出來的東西送給他們呢？冤大頭我們已經做得夠了，從今後我們要實行誰個勞動，誰個才能吃飯的章程，打倒田東家！……」

臺下大聲鼓噪起來了：

「對呵！打倒田東家！」

「打倒李大老爺！」

「打倒張舉人！」

「打倒……媽的！……」

臺上的張進德又搖起手來，高聲說道：

「請眾位別要叫，聽我說！那嗎，我們怎樣才能打倒田東家呢？一個人的力量是不夠的，我們要聯合起來，我們要組織農會，我們要……」

「不錯！我們要組織農會呵！」有人從會場角上高叫了這麼一聲，引得無數的頭顱都轉動起來，很驚奇地向那個發出高聲的方向往。張進德繼續往下說去的話，被眾人這一種莫名其妙的驚奇所撇過了。

「你看，這是誰個上臺了呀？」有人見著張進德往下去了之後，走上來了一個穿灰衣服的青年，不禁這樣驚奇地問。

「這是……」

「呵，這是李家老樓的李大少爺呵！他怎麼……」

人眾異常地驚詫起來了，只聽見不斷的聲音：

「你看，李大少爺！」

「李大少爺！」

「他不是跑到外邊去了嗎？……」

李杰鎮定地站了一會，開口向臺下的人們說道：

「請大家別要再叫我李大少爺了。我現在和你們一樣，只是一個革命黨，不是什麼李大少爺。我老早就和我的家庭脫離了。現在是革命的時候了，你們大家知道嗎？剛才張進德所說的話一點都不錯，就是從今後我們種田的人要聯合起來，打倒田東家，不要再受他們的壓迫才是。比方我的父親，李大老爺，你們哪個不恨他呢？可是你們怕他有財有勢，不敢反抗他，現在既然是革命了，那你們便不要怕他，將他打倒才是……」

臺下的人眾又開始紛紜議論了：

「這是怎麼一回事呀？他說他要打倒他的父親……」

「現在是革命的時候了，兒子可以革老子的命。」

「這真奇怪，他居然叫我們打倒他的老子。這未免革命革得太過頭了罷？」

立在會場左角的兩個駝了背的老頭兒，手中扶著拐杖，這時相對著嘆道：

「唉，我生了六十多歲，也沒聽見有兒子叫別人去打他老子的事情。現在真是人心大變了！……」

「無論老子怎麼樣不好，為兒子的也總不該叫人去打他呵！

唉，這是什麼世道！」

「別吵，聽李大少爺說！」老人家正在慨嘆的當兒，立在他倆前邊的一個十五六歲模樣的孩子回過臉來，將眼睛怒視著，如教訓小孩子也似的，向他倆說了這麼一句。兩位老人家向他將白眼翻了一下，也就不做聲了。

李杰接著說了幾句便走下去了。出乎眾人的意料之外，向臺上走上來了一個癩痢頭，不禁使得滿會場哄然大笑起來了。只聽見有人說道：

「我的乖乖，癩痢頭今天也露起臉來了。」

「媽的，我看他獻什麼醜！」

「別要太小覷人！癩痢頭就不會說出好話嗎？」有人為癩痢頭抱不平，這樣說。只見癩痢頭走上臺了之後，左手摸著自己的那個不好看的頭部，紅著臉地說道：

「我們現在要幹，媽的……我們要農農農會……有了李大少爺和我們在一道，我們還不幹嘛？我們要革命起來，媽的……」

大家也不聽著他說些什麼，望著那種摸頭和口吃的神情，都禁不住發笑。「癩痢頭發了瘋了呵！」臺下忽然有人叫了這麼一句，癩痢頭聽著有點不好意思起來，說了一聲「媽的」，便忿然地走下臺去了。接著他上來說話的有王貴才，劉二麻子，和幾個說了幾句話便走下臺去的青年。他們都說要組織農會，但除開王貴才而外，沒有誰個能說出一點道理來。後來王貴才上

臺宣布選舉農會的職員，他提議選舉張進德做會長，李杰做祕書兼帳房，劉二麻子擔任跑腿，一一地都透過了，沒有人說出反對話來。離開眾人而遠遠地立著的王榮發，吸著旱煙管，望著自己的兒子在臺上指手劃腳地說著話，心中起了歡欣和愁苦交混著的情緒：貴才矮雖矮，可是能在這些人們的面前露臉，但是這農會是不是辦得成呢？將來是不是要生非惹禍呢？……老人家想到此地，無可奈何地嘆了一口氣，自對自地說道：

「讓他去！」

最後張進德上臺宣布散會。在宣布散會之後，人眾很久很久地還沒有離散開來。大家繼續紛紛地談論著，有的說，李大少爺真怪，叫人家去打倒他的老子；有的說，現在好了，有了農會便不用繳租了；有的說，張進德不認得字，怎麼能做會長呢；有的說，癩痢頭今天也露了臉……

天的東南角上起了很濃厚的雲霧，漸漸地要布滿到半個天空了。眾人見著天要落雨，而又沒有別的熱鬧再可看了，只得慢慢地散開，各回家去。

在途中，老年人沉默著不語；青年人高興地談著適才張進德和李杰所說的一切，有的高著嗓子唱著山歌，如同自戰場上得勝了歸來；婦女們很失望地拉著自己的小孩子，口中咕嚕著道：

「我道有什麼熱鬧好看呢，原來是平常兩個大字……」

二十五

　　人眾散去了之後，張進德吩咐昨日在吳長興稻場上聚集的
人物，仍舊留在廟內，為的是討論以後的進行。在未繼續開
會以前，各人在關帝廟大殿上參觀了一會，好像那在神龕上坐
著的關羽讀春秋的神像，和立在他兩旁的黑臉髭鬚的周倉，白
臉微笑著的關平，能夠認真地引起參觀者的興趣。張進德背著
兩手，臉上雖沒有特殊的表情，然而在內心裡他卻有了特殊的
慶幸，那就是在不久以前，他，張進德，還是一個無知的鄉下
人，深深地迷信著菩薩，而且對於這關帝，尤其具著敬仰的心
情，因此，僅僅為著燒香叩拜的原故，也就來過關帝廟裡很多
次。但是現在來到這關帝廟裡的張進德，卻和從前不同了。他
拋棄了一切的迷信，不但見著了這尊嚴的神像不會生往日那般
的心情，而且想起來往日的自己那般愚蠢，反來覺得好笑。撇
開燒香叩拜的行為，他現在是來到這裡辦理農會了。而這農會
並不是什麼平常的機關，卻是就使關帝爺聽見了也會震驚的組
織。關帝爺所知道的不過是什麼興漢滅曹，不過是什麼空洞的
忠義，而現在他，張進德，卻做著為關帝爺所沒夢想得到的事
業：這農會是要推翻地主的統治，這是被壓迫階級的反抗運動
呵！……

　　張進德正在幻想著的當兒，忽聽見他左邊劉二麻子說話的聲音，不禁側過臉來一看，只見劉二麻子面向著神像跪在地下，兩手合著，口中禱告著道：

　　「威震八方的關老爺！興漢滅曹的關老爺！你是古今忠義之人，請你暗地顯靈幫助我們辦這農會，好教我們窮人不再受有錢的欺負才好。我劉二麻子活了三十幾歲，從來沒有走過好運，現在是革命的時候了，我可要請求你忠心耿耿的關老爺可憐我，保佑我，我一定多多地買香燒給你老人家……」

　　劉二麻子禱告至此，便恭恭敬敬地伏下叩了一個頭，這使得立在他旁邊的張進德禁不住發起笑來了。

　　「你在幹什麼，老二？」

　　劉二麻子聽見張進德問他，便抬起頭來向著張進德驚怔地望了一會，睜著兩隻大眼；如什麼也不明白也似的，半晌方才開口問道：

　　「什麼幹什麼？我在給關老爺磕頭……」

　　「求關老爺保佑你嗎？」張進德笑著這樣說，並沒帶著輕蔑的神情。「我不知道你還這樣迷信呢！我對你說，我們的事情只有我們自己來做，什麼關老爺，張三爺，都是管不了的。如果關老爺有靈，那像你這樣忠厚誠實的人，成年到頭地苦把苦累，也不致於像現在這樣地倒楣了。就使菩薩是有的，那他們也只有保佑有錢的人，絕對不會保佑你我這樣的窮光蛋。」

　　「起來，」張進德走上前來，伸手將劉二麻子拉起來說道，

「老跪在地下幹什麼呢？也虧得你有這般誠心啊。」

劉二麻子只驚怔地望著張進德，如木偶一般，任著張進德拉到廂房裡去了。這時李杰正在和王貴才商量著此後如何地進行……

「辦農會也要有點經費，但是我們現在『一個大』也沒有，怎麼好呢？」李杰說。見著張進德和劉二麻子進來了，李杰便指定座位叫他倆坐下，一面仍繼續向王貴才說道：

「我看這廟既然是迷信的地方，和尚也是寄生蟲，不如把廟產充為農會所有，把和尚趕掉。」李杰說至此處，向張進德問道：「張大哥，你以為這可使得嗎？」

王貴才強著說道：

「使得，為什麼使不得？媽的，這廟裡的和尚比老太爺還要快活，現在我們還能留著他嗎？」

「可是可以的；」張進德很鎮靜地說道，「不過現在我們還不能這樣做。鄉下人非常地迷信，如果我們開頭就把老和尚趕掉，這一定要惹著他們的反對，我們的農會也就很難進行了。我們先要想法子使他們信任我們，然後慢慢地打破他們的迷信……」

「我們沒有錢怎麼辦呢？」王貴才很不以張進德的話為然，這樣有點不高興地說。張進德一時回答不出，一面望著不高興的王貴才的面孔，一面用手指頭點著桌子，尋思著別的出路。

「有了！」忽然沉默著不語的李木匠將桌子一拍，立起身

來，如發現了什麼寶物也似的，很歡欣地說道，「媽的，我想出一個辦法了。」

「什麼辦法呢？」大家齊聲地問。

「這廟裡不是有很多的人來燒香嗎？我們現在可以定下一個章程，就是來燒香的，每一個人都要拿出五十錢或是一百錢來做為香錢，這香錢就歸農會裡用。」

李杰聽了點點頭，表示同意。王貴才拍手連聲說道：

「這個辦法好極了！還是木匠叔想得好！」

張進德見著大家同意李木匠所提出來的辦法，雖然不以之為十分妥當，然因為自己想不出別的辦法，便也就沒有話說。接著李杰便提出來農會所應做的事業來。李杰在理論上提出來原則，而張進德給以事實上的補充⋯⋯

大家繼續地討論著，唯有癩痢頭和他的不可分離的朋友，綽號叫做小抖亂的，心中老是記惦著老和尚，不能放下，無心參加眾人的討論，他們二人靜悄悄地走出房來，到廟門外的空場上，開始商量著。

「我不贊成張進德的話。」癩痢頭說道，「媽的，要這禿驢在這兒有什麼用！依我的意思，不如把他趕掉，滾他娘的蛋！」

「我也是這樣想。」小抖亂點頭和著他的朋友說道，「我看，頂好我們兩個人想一個法子對付他一下。我們怎麼對付他才好呢？」

「把他打個半死罷了。」癩痢頭很堅決地說道，「我們兩個人

哪怕打不死一個禿驢嗎？」

小抖亂忽然將癩痢頭的衣服一扯，指著那坐在樹根上的一個十五六歲模樣的小和尚，說道：

「你看，那不是小禿驢坐在那裡嗎？老禿驢也不知到什麼地方了，影子都見不到，不如先把小禿驢審問一下。」

小和尚獨自一人冷清地坐著，用手扶著頭，在思想著什麼，見他們二人走到他的跟前，並不表示什麼恐慌。小抖亂不問情由地一把抓住小和尚的衫領，威嚇地說道：

「你的師傅在什麼地方呀？」

小和尚這時見著兩人這般情形，不禁有點害怕起來，連忙口吃地說道：

「他……他不在廟裡……走了……」

「他幹什麼了？」

小和尚見著非說實話不行，便一五一十將實話告訴了他們。他說，師傅見著在廟前開會很生氣。聽見李大少爺叫人去打他自己的老子，老和尚不禁害怕起來，想道，這事還了得，如不早行報告李大老爺知道，說不定李大老爺要說他通情呢。他現在是到李家老樓去了……

癩痢頭見著小和尚說出實話來，便叫小抖亂放了小和尚，一面問道：

「怎麼辦呢？」

「今天大約不成功了，明天我們再來。媽的，這禿驢不打死

還能行嗎？……」

　　兩個朋友相互扶著肩背，又重新走入廟內了。

二十六

「我和張進德兩人搬到廟裡來住，已經是第三天了。在我的生活史中，這幾天對於我算是頂緊張的時候了。每天忙個不歇，又要計劃著工作的進行，又要不斷地和來看訪的鄉下人談話，又要這，又要那……如果沒有張進德這麼樣一個有力的人，那我真不知道我如何能夠對付我當前的任務呢。青年們都很信仰他，他無異於是他們的總司令。他們敬畏他，親近他，沒有什麼隔膜，而對於我，我總覺得他們的態度有點生疏，好像視我不是自己的人一樣，在這種關係上，我倒有點嫉妒張進德了。

「我叫他們稱呼我為李同志，他們也就勉強這樣稱呼著，但是在無形中，他們總對我有一種特殊的感覺，總視我是有點和他們不同樣的李大少爺……這真天曉得是因為什麼！然而，我總覺得他們都是很可愛的，都是有希望的分子。例如木匠叔叔始終有點不滿意我，但是我覺得他卻是一個好人，一個忠實的分子。糟糕的是癩痢頭和小抖亂這兩位大哥，每天總要弄出一點花頭來，不是把小和尚打哭了，就是和別人吵架。然而他倆卻很熱心，也很有用……

「想起來我自己，也覺得好笑。本來是李大少爺，現在卻是

這些被稱為低賤的粗人們的同志了。本來回來有美麗的高樓大廈可以住，現在卻住在這個淒涼的廟裡，如當了和尚一般。在這僻靜、閉塞的鄉間，有誰個能明了我的這種行動呢？張進德或者有點明白我，因為他曾遇著過像我這樣的人，但是像我這麼的知識分子究竟怎麼樣會跑到他們的隊伍裡來，恐怕他還是不明白罷。然而這又有什麼要緊呢？要緊的是我能和張進德一塊幹這種為他所必要做的，而為我所決定做的事業。」

「今天我的父親派人送一封信給我，送信的人還是一年前我在家時候的夥計。他已是四十多歲的人了，臉上布滿了如細黑溝一般的皺紋。這是勞苦的生活所留給他的痕跡。他很侷促地望著我，似乎有話要向我說，然而不知為什麼，終於把信交給我了之後，叫了一聲大少爺，便低著頭走出廟門去了。

「我將信接到手裡的當兒，我感覺到木匠叔叔和劉二麻子向我的身上所射著的尖銳的眼光了。我的態度很漠然，沒有即刻將信拆開，欲借此顯示給他們知道，就是我不把我父親送信給我當做什麼重要的事。但是我的一顆心卻在內裡有點跳動起來，我其實是要急於知道這封信裡說些什麼啊！……

「在信上，父親先責備我，為什麼我回鄉了而不歸家，次說及農會是辦不得的，以我的這種身分，不應和一般無知的痞子在一塊兒瞎鬧。後來他說，母親病了，急於盼望我能回家去安慰她，否則我便是沒有良心、不孝的逆子。但是他相信我讀了許多年書，又很聰明，絕不會做出這種被人恥笑的事來。

「讀到信的最後，我不免有點躊躇不安了。父親是渾蛋，我可以不理他，但是病在床上急於盼兒歸來的母親呢？我能硬著心腸，置之不理嗎？……

「『你的父親說些什麼呀？』木匠叔叔忽然兩眼筆直地逼視著我，向我這樣很猜疑地發問。他大約已經覺察出我的不安的心情了。我不由得將臉一紅，故做鎮定的模樣，笑著回答他道：

「『那還有好的話嗎？他要我回家去，這不是笑話嗎？他騙我，說我的母親病了，以為可以把我騙回家去，殊不知我是不容易騙的啊。』

「『回家去看一看也好，』劉二麻子說。

「『我無論如何是不回家去的！』

「聽了我的這個回答，木匠叔叔才露出一點滿意的微笑來。後來張進德叫他們有事，他們才離開了我。在他們兩人走了之後，我不禁又將信重讀了一遍。『我真能硬著心腸不回去看望一下病在床上的母親嗎？……』我想。但是當我一想到母親也不是一個慈善的婦人，當年我同蘭姑的愛情之所以不能圓成，以及蘭姑的慘死，她實在也要負一半的責任……我不禁將信向懷裡一揣，決定不做回家的打算了。」

「張進德極力主張即速辦一個學校。他說，鄉下的青年們雖然都很熱心，雖然都很純潔，但是都沒有知識，能夠教他們做什麼事呢？他，張進德，自己就恨不大認得字，連一封信都看不懂，現在想趁這個機會讀一點書，要我做先生……這當然是

很好的提議，但是我一個人又忙著這，又忙著那，現在又要我當先生，這豈不是對於我太艱苦了麼？然而事情是要做的，現在是我真正做事的時候，如何能因為太艱苦了便不幹呢？唉，如果我現在有一個知識階級的幫手！……

「日裡太累了，晚上我應當休息才是。老和尚不知跑到什麼地方去了，我只得將他的臥房佔有了！床呀，桌子呀，一切用具都很清潔，這真要令我向老和尚表示感謝了。癩痢頭和小抖亂老早就要收拾老和尚，現在老和尚不知去向了，莫不是被他倆……大概不至於罷？如果他真的被這兩位先生送回了西方極樂之地，那也沒有什麼，只怪他此生不該做了寄生蟲也似的和尚。

「夜深了，張進德還沒回到廟來。和我做伴的小和尚，也呼呼地睡著了。小和尚很聰明，經我這兩天和他說東說西之後，他也有點明白了，願意在農會裡做事情。原來他很恨他的師傅，因為老和尚很虐待他……

「日裡因為工作的原故，沒有功夫好幻想。在這寂靜的夜晚間就不同了。月光一絲一絲地從窗孔中射將進來。院中的梧桐樹被風吹得瑟瑟做響。從大殿傳來一種吱吱的很奇怪的聲音，難道是鬼不成嗎？然而我是什麼都不怕的啊！……我想起來了我的過去，唉，這討厭的過去啊！它是怎樣地糾纏著人！我本來沒有家庭了，而我的父親卻送信來要我回去；我本來不要父母了，而我卻還有點紀唸著我那病在床上的母親……張進德真

是幸福極了！他每晚一躺在床上便睡著了，這因為沒有可詛咒的過去來糾纏他。他現在乾淨得如一根光竹竿一樣，直挺挺地，毫不回顧地走向前去……」

二十七

農會的勢力漸漸地擴張起來了。地方上面的事情向來是歸紳士地保們管理的，現在這種權限卻無形中移到農會的手裡了。農人們有什麼爭論，甚至於關係很小的事件，如偷雞打狗之類，不再尋及紳士地保，而卻要求農會替他們公斷了。這麼一來，農會在初期並沒有宣布廢止紳士地保的制度，而這制度卻自然而然地被農會廢除了。紳士地保們便因此慌張了起來，企圖著有以自衛。如果在初期他們對於農會的成立，都守著緘默不理的態度，那麼他們現在再也不能漠視農會的力量了。在他們根深蒂固地統治著的鄉間生活裡，忽然突出來了一個怪物，叫做什麼農會！這是一種什麼反常的現象啊！……

最慌張而又最氣憤的，那要算是李敬齋了。組織農會的不是別人，而是他的兒子；號召農民反對他的不是別人，而是他的親生的骨肉。李敬齋在自己的鴉片煙床上，就是做夢也沒夢到會發生這麼一種怪事！他派人送了一封信給李杰，勸諭他回轉家來，而李杰不但沒有照他的願望做去，而且連理也不理一下。他想道，他生來沒曾受過人家的磨難，現在大約是要在自己兒子的手裡栽一栽筋斗了。如果在從前，在他媽的這什麼革命軍未到縣城以前，那他李敬齋是有能力將自己的兒子和這一

班痞子，送到縣牢裡去吃苦頭的。但是現在……現在縣裡有什麼革命軍，政治部，那些人是和他的兒子同一鼻孔出氣的……

李敬齋近來氣憤得生病了。在有一天的下午，地方上面的紳士們，以張舉人領頭，齊到他的家裡來看他。正在躺著吞雲吐霧，一面在尋思著如何對付自己的兒子的他，忽然聽見僕人報告，有些貴客臨門了……他不禁一骨碌兒爬起身來，很慌張地問道：

「他們說出來意了嗎？」

恭順的僕人筆直地立著，聽見他主人的問話，將頭緩緩地搖了一搖，答道：

「他們是說拜望你老人家的，老爺。」

屁股又向床上坐下了，嘆了一口長氣，自對自地說道：

「他們哪裡是來拜望我的啊，他們是來興師問罪的。他們一定要說道，李老先生，你的少爺做得好事呀！恭喜恭喜！這，你看，我怎麼樣回答他們呢？唉，我生了這麼樣一個現世的兒子，有什麼顏面和鄉黨親戚相見呢？」

在平素充滿著傲岸的神情的他的面孔上，現在被羞憤的網所籠罩著了。由於過於興奮的原故，他的慘黃而又帶著蒼白的一種煙鬼的面容，現在又添上一種如吃酒後的紅色。在得意的時候，他不斷地掠著自己的濃黑的鬍鬚，現在他要見客的當兒，卻很畏怯地，直順地放下兩手，腳步不穩定地走出客廳來。這時他感覺得如犯了罪的囚人一般，一步一步地走上可怕

的法庭去……

在寒暄了幾句之後，頭髮已經白了的，吸著兩三尺長的旱煙袋的張舉人首先帶著笑，很客氣地說道：

「我們今天來非為別事，一來是拜望李敬翁，二來是請教關係地方上面的公事。令郎這番從外邊回來，本來是衣錦還鄉，令人可佩。不過他……關於這農會的事情，擾亂了地方上的治安，似乎不妥，不知李敬翁有何高見。」

李敬齋聽著張舉人說話，自己如坐在針氈上面一般，臉上只一回紅一回白地表現著。他又不得不回答張舉人，但是說什麼話是好呢？他不但感覺得無以自容，而且連向眾人道歉的話也想不出來如何說法是好。眾人的眼光齊向他射著，期待著他的回答，正在為難的當兒，忽然他不能自主地由口中溜出話來：

「諸位明見，這教我李某也沒有辦法。現在是革命的時候了，老子管不了兒子。小兒這次回來的非禮行為，既然是關係地方公事，尚希諸位籌議對付之策，千萬勿把此當為我李敬齋個人之事。亂臣賊子，人人得而誅之。如果諸位有何善策，李某無不從命。」

李敬齋說了這一段話之後，很欣幸自己說話的得體，不禁用手掠一掠濃黑的鬍鬚，向眾人用眼巡視了一下。他的態度比先前從容得多了。眾人見李敬齋說了這一番不負責任的，然而又是很堂皇的話語，一時地你望望我，我望望你，不知如何是好。

「話雖如此，」坐在張舉人下首的一位四十多歲的紳士，將頭一擺，忽然打破了沉默的空氣。「然而令郎與李敬翁究屬父子，李敬翁不得不多負一點責任。難道令郎就這樣地無法無天，連你的一句話都不聽嗎？尚望李敬翁施以教訓……」

李敬齋聽了這話，陡然生起氣來，發出不平靜的話音，說道：

「依何松翁你的高見，我應當如何做法呢？如果何松翁不幸也有了這麼一個兒子，諒也跟我李某一樣地想不出辦法。現在不像從前了。從前我可以拿一張名片到縣裡去，辦他一個忤逆之罪，可是現在縣裡的情形，難道何松翁一點也不知道嗎？諸位有何善法，就是將小兒治了死罪，我李某也無一句話說，可是諸位絕不可以父子的關係責備在下。」

李敬齋一改變先前的侷促的態度，現在越說越覺得自己的理直氣壯。張舉人見他發起火來，生怕弄出岔子，便和藹地向李敬齋微笑道：

「請李敬翁切勿見怪，我們此來，絕不是與李敬翁有意為難，乃是因為事關地方治安，特來和李敬翁商量一個辦法。如果長此讓農會橫行下去，將來你我皆無立足之地，諒敬翁高見，亦必慮及此也。」

何松齋自知自己的話說得太莽撞了，便也就改了笑顏，接著張舉人說道：

「張老先生說得正是。我們特為求教而來，非有別意，望敬

翁萬勿誤會。近來張進德一干人們越鬧越凶，似此下去⋯⋯」

「哪一個張進德？」李敬齋問。

「張進德本是一個礦工，」何松齋說道，「是一個光棍，是貴莊人吳長興的親戚。他於最近才回鄉的，可是自從他回來之後，那我們鄉里的青年人就開始壞起來了，此人不除，恐怕吾鄉永無安息之日矣！」

何松齋待要繼續說將下去，坐在他的下首的一個戴著老花眼鏡，蓄著八字鬍鬚的紳士插著說道：

「敬翁知道關帝廟老和尚被害的事嗎？」

李敬齋驚異得立起身來，急促地問道：

「有這等事！被何人所害呀？」

「那還有別人嗎？」蓄著八字鬍鬚的紳士很平靜地冷笑了一聲，說道，「他們占據了關帝廟，把老和尚趕走了，老和尚不知去向。昨天有人在東山腳下發現了老和尚的死屍，這才知道老和尚已被張進德一干人所害了。敬翁想想，若如此讓他們橫行下去，那吾等將無葬身之地矣！」他將手掠一掠八字鬍鬚，擺一擺頭，特別將這最後一句哼出一個調子來，如讀古文一般。李敬齋聽至此處，不禁大怒起來，拍著桌子說道：

「松翁說得甚是！似此無法無天，天理難容，豈可坐視不問？！我李某不幸生了這麼一個逆子，尚望諸位不要存歧視之心，努力助我除此賊子才好！」

「敬翁既然有此決心，那我們今天便應想出一個辦法⋯⋯」

「松翁有何辦法嗎？」李敬齋不等何松齋將話說完，便急於問道，「請快說出來給大家聽聽，我李某無不從命。」

何松齋撚著鬍子，不即刻回答李敬齋的話，扭頭將客廳巡視了一下，看見沒有別的外人，然後慢吞吞地說道：

「自古道，『蛇無頭不行』、『擒賊先擒王』，只要把張進德和敬齋的令郎他們兩人對付住，這農會自然就會解體的。他們那一班黨羽，如果沒有他們兩人，則自然就鳥獸散了。」

「但是怎麼才能對付住他們兩人呢？」張舉人有點不耐煩地問。

「這也容易。」說至此地，何松齋復將大廳內巡視了一下。「只要雇幾個有力氣的人，於夜晚間偷偷地到關帝廟裡將他們兩人捉住……」

「這恐怕有點不妥當罷？」張舉人說著，將他那發白得如雪也似的頭搖了一搖。

「請松翁說下去，」李敬齋說。

「將他們兩人捉住了之後，可以將張進德打死，打死一個痞子，為地方除害，諒也沒有什麼要緊。至於敬翁的令郎，那是敬翁的事情，如何處置，只得任憑敬翁自己了。」

眾人沉默了一會，沒人表示反對和贊成的意見。最後還是李敬齋開始說道：

「事到如今，別的也沒有什麼好的辦法。何松翁老成幹練，足智多謀，我看這事就請託何松翁辦理，不知諸位意下如

何？」

「至於費用一層，」李敬齋稍停了一會又說道，「我理當多負一點責任。至於如何行動，則只有煩勞何松翁了。不過事情做得要祕密，不可泄漏風聲。如果事不成功，風聲傳將出去，則更要難辦了。」

「敬翁慮得極是！」張舉人向何松齋說道，「我看這事就請你辦一下罷。」

「事關地方公益，」何松齋依舊如先前的冷靜，用手撒著鬍子說道，「諸位既然相推，我當然義不容辭。不過苟有事故發生，尚望大家共同負責。」

「這個自然！」大家齊聲說了這麼一句。何松齋見著大家這種負責的態度，又想及李敬齋對於他誇讚的話語，不禁在冷酷的面孔上，呈露出一點微笑的波紋來。

大家還繼續談論起關於地方和時局的情事。有的抱怨民國政體的不良，反不如前清的時代。有的說，革命軍的氣焰囂張，實非人民之福。有的說，近來有什麼土地革命，打倒土豪劣紳等等的口號，這簡直是反常的現象……

「唉，世道日非，人心不古了啊！」最後張舉人很悲哀而絕望地嘆了這麼兩句。

天色已經是遲暮了。屋頂的上面還留著一點無力的夕陽的輝光。黑暗的陰影漸將客廳內的拐角侵襲了。李敬齋發出老爺派的聲音，將僕人喊到面前吩咐道：

「今天眾位老爺在此吃飯，去叫後邊好好地預備菜！聽見了嗎？」

「是，老爺！」

二十八

當張進德將癩痢頭和小抖亂兩人喊到面前，用著銳劍也似的眼光將他們倆很久地審視了一會，如同這眼光已經穿透了他們倆的心靈，他們倆不由自主地有點顫慄起來，而覺得自己是犯罪的人了。平素頑皮得無以復加，任誰個也不懼怕的他們倆，現在卻被張進德的眼光所威逼住了。小抖亂很恭順地站立著，完全改變了平素頑皮的神氣，而癩痢頭低著頭，用手摸著頸項的後部，一動也不動。

「請你這兩個傢伙說給我聽聽！你倆為什麼弄出這個亂子來？」張進德這樣說著，並未說明他們倆所弄出的是什麼亂子了，可是他們倆已經知道這話是指的他們倆前天晚上所幹的那件事了。他們倆在張進德炯炯的眼光之下，覺得那眼光已經照透了他們，並不企圖抵賴。

「我們並不想將他打死啊。」癩痢頭仍舊是原來的姿勢，輕輕地吐出很畏怯的聲音。

「可是他究竟被你們倆打死了。」張進德點一點頭，這樣很冷靜地說。

「是的，」癩痢頭依舊低著頭不動，聲音略較先前平靜一點。「老和尚是我們兩個打死的。我們兩個因為想到，老和尚在廟

裡住著很討嫌，說不定要在我們這裡當奸細。那天開大會，他不是跑到老樓去報告了嗎？並且，他媽的，他安安穩穩地過著日子，好像老太爺一樣，實在有點令人生氣。我同小抖亂久想收拾他一下，可是總沒有遇到機會。這次我們兩個商量一下：媽的，關帝廟現在歸我們農會了，還要老和尚住在裡頭幹嘛？不如將老禿驢趕出去，免得討人嫌。……前天晚上，我同小抖亂從這裡回去，走到東山腳下，不料恰好遇著老和尚了。我們兩個見著這是一個好機會，便走上前去將他摔倒，痛打了他一頓，強著他不要再到廟裡來了……」

「打了他一頓也就算了，」張進德問，「為什麼要將他打死了呢？」

「我們本不想將他打死的，可是老和尚不經打，我向他胸膛這麼樣踢了一腳，」癩痢頭開始活躍起來了，做出當時踢老和尚的架式來。「他媽的，誰知道就把他踢閉住了氣，倒在地下不動了。」

這時坐在旁邊的李杰，聽見了癩痢頭的這樣說法，不禁笑起來了。

「這也不知道是因為老和尚不經踢，」李杰笑著說道，「還是因為你的腳太有力量了。也罷，」他轉向張進德說道，「老和尚既然死了，也不必把他當成了不得的事，打死了一個寄生蟲老和尚也沒甚要緊……」

「不，」張進德不待李杰說將下去，便打斷他的話頭，很嚴

重地說道，「你不知道鄉下的事情很難辦。我們霸占住了關帝廟，已經是使鄉下人不高興了。現在又打死了老和尚，說不定土豪劣紳要藉著這個機會來造謠言，說什麼我們農會不講理，打死人……」

「但是老和尚已經被這兩位先生打死了啊，又怎樣辦呢？事情已經做出來了，也只得讓他去。」李杰很平靜地說。在他的內心裡，他實在以為張進德太把此事誇大了。癩痢頭和他的朋友小抖亂聽見了李杰這麼說，如得了救星一般，不禁陡然膽大起來了。他們倆齊向李杰望著，表示一種感激的神情。李杰覺察到這個，向他們倆微笑了一下。

「這當然，」張進德說道，「木已成舟了，還有什麼辦法呢？不過，」他轉向癩痢頭和小抖亂顯著教訓的態度，說道：「請你們兩個再不要弄出別的岔子了。做什麼事，一定先要報告我們知道……」

張進德剛將話說至此地，忽聽院中傳來劉二麻子的一種傲慢的聲音：

「你來找誰呀？」

「我來找張進德。」只聽見那第二個聲音也是很傲慢的。這時房內的眾人靜默著不語，很注意地聽著院內的談話。

「什麼張進德？！你應當說找農會會長！張進德是農會的會長！」

「好，就如你所說，我來找會長老爺。」

這一種譏刺的語氣，使得張進德和李杰等不得不走出廂房，看看是誰來了。只見劉二麻子的對面立著一個四十幾歲的戴著瓜皮布帽的漢子，他穿的雖然是鄉下的布衣，然而那布衣是很齊整的，令人一看見便知道他是鄉下的有錢的戶頭。在他的那副豐腴的，微微生著黑斑點的面孔上，露現著一種生活安定、自滿的表情。張進德認得他，這是胡根富，被人稱為胡扒皮的一位狠先生。他見著張進德走出來了，便撇開劉二麻子，神態自若地走向前來，現著譏刺的神氣，微笑著說道：

「好，會長老爺來了。我特來求見會長老爺。」

見著他的這種神情，張進德幾乎失了心氣的平衡，要給他一個有力的耳光，但是張進德終於把持住了自己，沒有發出火來。

「你有什麼貴幹？」張進德很不客氣地這樣問胡根富。

「請問你們貴農會可是定下了一個『借錢不還』的章程嗎？」

「也許定了這麼樣一個章程。」張進德說了這麼一句，將兩眼逼視著胡根富，靜待著他的下文。

「啊哈！怪不得現在借了債的人都不想償還了。他們說，這是農會的章程……這真是自從盤古開天闢地以來，聞所未聞的奇聞！哼，借人家的錢不還！好交易！請問會長老爺，這『借錢不還』的章程，是誰個請你們定的？」

胡根富的態度不若先前的平靜了，逐漸表現出氣憤的神情

來。他的白眼珠的紅絲這時更加發紅了。張進德微笑了一笑，說道：

「這是我們自己定的，你胡根富當然不會請我們定下這個章程來。你預備怎樣呢？」

「我預備怎樣？反了嗎？」

胡根富憤不可遏地這樣說著，照他的神情，一下將張進德吞下肚去才能如意。張進德依舊很平靜地微笑著，低低地說道：

「對不起，現在真是反了。你胡根富放了那麼許多厚利的債，窮人們的血也被你吸得夠了……現在他們不願意讓你白白地壓死，造起反來了，你怎麼辦呢？」

胡根富只翻著布滿了紅絲的白眼，氣憤得說不出話來。張進德忽然改了威嚴的態度，厲聲說道：

「胡根富！你今天來得正好，我正要找你呢。我們的農會正苦得沒有經費，要向你借一點錢使使。我知道你很有錢，如果不拿出兩百塊錢來，你別要想走出這廟門！」

張進德說至此地，側過臉向著立在他左邊的癩痢頭和小抖亂說道：

「將他看守起來！」

兩人一聽此言，如奉了聖旨一般，即刻走向前去，將胡根富的兩手反背著用腰帶捆住了。等到氣憤到發痴的胡根富意識到是什麼一回事的時候，他已經掙扎不開了。見著這種嚴重的形勢，胡根富知道自己是走到虎穴裡了，不禁害怕起來。氣憤

和傲慢的神情從他的臉上消逝了。他開始哀求地說道：

「我，我沒有錢，我哪裡有這麼許多錢借呢……」

「媽的，你家裡的銀子幾乎都要脹破箱子了，還說沒有錢！兩百塊！少半個都不行！」

李杰見著小抖亂說話的神情，不禁好笑起來。胡根富一聽見李杰的笑聲，不問三七二十一，轉身向他跪下，哀求著說道：

「請大少爺救一救我罷！我實在沒有錢……」

「媽的，」癩痢頭踢了他一腳，說道，「你別要裝孬種了！如果不拿出兩百塊錢來，媽的，搗死你這個舅子！」

「癩痢頭！」張進德如司令官一樣，向癩痢頭吩咐道，「你和小抖亂兩個將他拉到大殿裡綁起來，看守好，別要讓他跑了。老二！」他轉向劉二麻子說道：「你先去多叫幾個人來，然後到胡家給他的兒子報信，就說他們的父親現在廟裡，叫他們送兩百塊錢來，不然的話，胡根富的命便保不牢，聽清楚了嗎？」

「聽清楚了。我就去。」

劉二麻子說著便現著得意的神情，慌張地走出去了。癩痢頭和小抖亂得了這麼樣的一個美差，自然很高興地去收拾他們的對象。胡根富被他們倆用繩子狠狠地捆在大殿的柱子上，一動也不能動。他面向著關帝的神像，很傷心地哭起來了。小抖亂立在他的面前，打趣著他說道：

「哭罷，哭罷，我的乖乖！關帝爺會下來救你呢，哈哈……」

二十九

自然，在我們的生活裡，有的人會將銀錢看得比性命都還重要，寧願犧牲了性命以圖保得財產的安全。但這是很少見的事。大多數的人們雖然也愛銀錢如愛性命一樣，但是當他們要保全自己性命的時候，便不得不忍著心痛，把性命以外的東西做為犧牲了。胡根富便是這樣的一個。他被捆在關帝廟大殿的柱子上，起初還想以欺騙和哀求的方法來解脫自己，可是後來見著大家真要將他打死的模樣，便只得答應了拿出兩百塊錢來。他的兩個兒子，一個名字叫胡有禮，一個名字叫胡有義，雖然也受了他父親的遺傳性，但是解救父親的性命要緊，也只得含著兩眼眶的熱淚，將這兩百塊白花花的大洋送給農會了。如果在往時，那他們兩個可以求助於地方上的紳士，可以到縣裡去控告；但是現在當李大老爺和張舉人等自身都保不住，而縣裡被什麼革命軍占領的時候，還有誰個可以來制止張進德這一幫人的行為呢？胡有禮和胡有義兩個是聰明人，當晚便將胡根富用兩百塊錢贖回了。

「媽的，便宜了他！」癩痢頭後來可惜地說道，「他家裡該多麼有錢啊！聽說白花花的銀子埋在地窖裡也不知有多少！……」

最高興的要算劉二麻子和李木匠了。他們兩人雖然是不

睦，逢事就抬槓，可是要報復胡根富的心意卻是一致的。依著李木匠的主張，一定要將胡根富痛打一頓之後才行放去，可是張進德止住了他，他只能僅僅背著張進德的面，狠狠地踢了胡根富一腳。

「喂！老李！」小抖亂笑著向李木匠說道，「別要踢他啊！你應當托他帶一個信給他的二媳婦，就說你現在害了相思病，很想再和她這麼那麼一下，並問她近來可好，是不是忘了舊日的交情……」

李木匠一聽見這話，不禁又是羞又是氣，啪地一聲給了小抖亂一個耳光，罵道：

「放你娘的屁！嚼你娘的爛舌根！」

小抖亂用手摸著被打了的面部，哇的一聲哭起來了。口中開始不住地罵道：

「我造你的祖宗，你打我，你這專門偷人家女人的壞種……」

「我偷了你的親姑娘嗎？」李木匠說著又想伸拳來打小抖亂，可是這時劉二麻子卻忍不住火了。不問三七二十一，走上前來就給李木匠胸口上一拳，李木匠不自主地倒退了兩三尺遠。他用手理一理頭上的黑髮，瞪著兩只秀長的，這時氣紅了的眼睛，半晌說不出話來。捆在柱子上的胡根富見著這種全武行的一幕，不禁忘記了自己的痛苦，在旁邊看得出神。未等到李木匠來得及向劉二麻子還手的時候，張進德從廂房裡走上大殿來了。

「你們在幹什麼？」張進德帶著一點兒氣憤的聲調說道，「真也不害羞？在你們敵人的面前，自己就先獻起醜來。」他側臉向胡根富瞟了一眼。「這豈不要叫旁人笑掉牙齒嗎？你們要知道，我們在農會裡辦事情，處處都要留心，事事都要做模範，鄉下人才會信任我們。像你們這樣如小孩子一般，動不動就自相打罵起來，叫鬼也不能相信我們！小抖亂的一張嘴胡說八道，實在要不得。老二，你同木匠就有點什麼嫌隙，現在也應該忘記了。我們同心合力做事，都還怕不能成功呢。如果這樣自家人都弄不好……」

張進德說至此地，向三人巡視了一下，微微地將頭感嘆地搖了一搖。三人如犯罪了一般，低下頭來，靜靜地立著不動。這時被捆在柱子上的胡根富見著這種情景，心中暗暗地明白了：就是這個張進德，被他平素所稱為光棍的，具著一種偉大的力量。他覺得他在這人的面前是一個微小的弱者了。

後來將胡根富放走之後，張進德帶著笑地向劉二麻子們埋怨道：

「你們是怎麼一回事呀？就是打架也要等到胡根富走了之後再打啊！」

李木匠紅著臉不好意思地說道：

「誰要和他們打架？只因小抖亂這小子當著胡扒皮的面前霉我……」

「好，算了，從今後再也不許有這麼一回事！我們的兩百元

也到手了，現在我們到李先生的房裡去商量商量，看看我們怎麼來用這一筆款子。哈哈！萬想不到這小子今天送上門來。真好運氣！我們的農會該要發達了。」

張進德走進李杰房門的時候，一種得意、和藹的，為從來所未有過的愉快的神情，簡直使李杰驚訝住了。這時李杰正伏在桌子上，手中拿著鉛筆，在紙上計算著兩百元的用途。見著張進德進來了，也不立起身來，微微地笑道：

「把貴客已經送走了嗎？哈哈！大概關帝爺見著我們農會沒錢，特將這小子差上門來。現在我們好了，明天就可以派人到城裡去買東西……」

「媽的，太便宜了他！」癩痢頭又可惜地說了這麼一句。「依我的主張，罰他媽的一千塊！反正他家裡有的是銀子。我們代他可惜嗎？」

李杰忍不住笑道：

「暫且有兩百元用用也就罷了啊！」

夜幕已經展開了。小和尚走進房來，將一盞不大明亮的洋油燈點著了。他不知為什麼，今天也特別笑咪咪地高興著。李杰將小和尚的光圓圓的頭摸了一摸，向著大家笑道：

「今天大概是因為小和尚多念了幾聲『阿彌陀佛』罷？」

小和尚搖了一搖頭笑道：

「李先生！我老早就不念什麼鬼『阿彌陀佛』了。」

這時滿室中充滿了歡笑的聲浪……

三十

「今天下午叔父和張舉人在書房所商議的一切，我都詳詳細細地偷聽著了。我的天哪！他們竟要做出這種狠毒的事！他們定於明天夜裡差一些人到關帝廟裡，活活地將那些辦農會的人們打死……」

「這一切我都偷聽著了。如果不想方法搭救，那眼看著李杰和他的同志們都要被我的叔父和張舉人殺害了。張舉人不主張將李杰殺害，他說，李杰究竟是李敬齋的兒子，不如任憑著李敬齋自己去處分。但是我的松齋叔父卻說，農會完全是李杰一個人幹起來的，我鄉的不靖，完全是由於他一個人在作祟，如果不將他這個禍根除掉，那是永遠不得安枕的。何況李敬齋自己也恨著生了這麼樣一個不孝的逆子……就使他看見兒子被打死了，心中有點難過，可是也不能說出什麼話來。試問他又有什麼辦法呢？事到如今，實在顧不了這麼許多……」

「這樣，眼看李杰和他的同志們都免不了性命的危險。這將如何是好呢？我既然聽見了他們的陰謀，能夠坐視不救嗎？但是我又怎麼樣救法呢？」

「講到這李杰，我倒很想看一看他是如何模樣呢。聽說他跑到外面流浪了一年多，和家庭不通一點兒消息。現在他從革命

軍裡回到故鄉來，迄至今日未曾踏過自己的家門一步。他號召農民反對地主，尤其要反對他的父親李敬齋……哈哈，這孩子倒很有趣！唉，如果我也是一個男子，那我不也像他李杰一樣嗎？我也將脫離了這萬惡的家庭，過著那流浪的，然而在精神上是自由的生活。我也許會從革命軍裡回來，連我的家門看也不看，而號召農民來反對我的叔父……啊，我的叔父若與李杰的父親比較起來，那恐怕我的叔父的壞的程度要高出萬倍！在這種家庭生活著，我簡直是在受苦刑啊！」

「叔父將我從學校裡騙回家來了。他打電報給我，說他病已危篤，急於望我歸來……我信以為真，便星夜離開長沙的學校，慌忙地奔回來了。可是回到家裡一看，叔父比牛還要健康些，哪裡有什麼鬼病！我知道受騙了。我問他為什麼要騙我？他說，現在外面不靖，不如暫行家居為好，而且你的書已唸得夠了，女孩兒家長此唸將下去，也並沒有什麼用處……我真要把肚子都氣破了！但是我有什麼辦法呢？銀錢放在他的手裡，我手中空空，當然不能跑出門去。到現在，我困居在家裡，如同坐牢一般，已有三個多月了。如果不想方法脫離這惡劣的環境，我難道就此如豬一般地生活下去嗎？不，什麼都可以，冒險也可以，受苦也可以，只要不是這個！……」

「現在省城裡的生活大概是沸騰起來了。不久接到女師校同學的來信，她說，活潑新鮮的革命的空氣將青年們都陶醉著了，她說，婦女協會的工作對於婦女的解放是異常要緊……你

看，她們現在該多麼幸福！該多麼有趣！而我卻在家裡坐這無形的牢獄！如果我也像李杰一樣，生為一個男子！在此社會裡，女子究竟有許多地方做不出男子所能做的事啊！」

「曾記得在學校裡的時候，讀了許多女革命黨人的傳記，見著她們的英勇、熱烈、敏慧，種種的行為與思想，一顆心不禁異常地嚮往。當時也曾勉勵著自己，幻想著光榮的將來。難道說偉大的事業都完全是屬於男子的嗎？不，不啊，這是不應當的！……我曾這樣堅決地思想著。」

「但是現在我的光榮的，偉大的事業呢？我不過是一個普通坐食坐喝的，等待著嫁丈夫的女子而已。我什麼也不能夠做！李杰能夠在外流浪，能夠投入革命軍，能夠回來組織農會，能夠號召農民反對地主，做著這種非常的反抗的行為……而我能夠做著什麼呢？昔日在學校裡為一般同學所敬仰的何月素，抱著偉大的雄心的何月素，立志要做一個革命黨人的何月素，現在不過是一個只會嘆氣的可憐蟲而已。」

「為著機械的家庭的生活所磨折，我的銳氣也就自然而然地消沉了。可是，今天下午聽見叔父等的陰謀，聽見從叔父口中所說出的關於李杰的行動，我的一顆幾乎絕望了而要死去的心，忽然又躍動起來了。我不禁自對自說道：『月素！曾想做一個有能為的女子的月素！現在你應當出動了。李杰能夠回鄉幹這英勇的行為，你何月素難道能坐視他們之死而不救嗎？只要你移動一下腳步，冒一點兒小小的危險，你便可以將李杰和

他的同志們的性命救下了。月素！這對於你要顯示你自己究竟是何如人，正是千載一時的機會⋯⋯』好！現在我已決定我應當怎樣做了。也許因此我會脫離這家庭的生活⋯⋯然而這不是為我所想望的嗎？怕艱難和危險的人，絕不是能夠做出事業的人！」

「我要和李杰會一會面。他還記得前年我叔父向他的父親提婚，他的父母答應了，而他表示拒絕的那一回事情嗎？哈哈，他倒不願意我和他結婚呢！聽說那是因為他愛上了哪一個農民的女子，一心一意地要娶這女子為妻，表示除開這女子而外，任是天仙他也不要。因此便把我拒絕了。我當時在學校裡，不知道我叔父有過這麼樣的一個提議。如果我知道這事，那我也是極端要反對的。我自己的婚事自有我自己的主張，要我的叔父代庖幹什麼呢？可是話雖然如此說，等到後來知道了李杰因為一個什麼無知識的女子而拒絕了我，心中不免有點氣憤。我曾想道，你李杰是什麼東西，我真稀罕你嗎？⋯⋯」

「這事我久已忘懷了。不知他現在還記得嗎？他決料不到現在冒險救他性命的女子，就是他當年所拒絕過的何松齋的侄女兒。啊，你這勇敢的孩子啊！你從今當不會再小覷我了。努力罷，我的孩子！努力罷，我的孩子！」

「夜已經深了。我還不想就寢。開窗向院中一望，一株大石榴樹靜寂地立著，從它的枝葉的隙縫裡，篩出點點的碎白的月光。家人們都睡熟了，偶爾聽見幾聲吱吱的蟲鳴。在月夜的懷

抱裡，也不知還有其他如我現在所跳動著的心靈否？然而我現在應當睡了，應當做一個和這寂靜的生活辭別的夢。我的生活也許要從明天起就改變了。」

「一種不可知的，然而為我所願望著的命運在等待著我，我要勇敢地走去⋯⋯」

三十一

　　李杰決定今天向城裡的同志們寫一個書面的報告。他一方面想使那裡的同志們知道他回鄉來了以後做了些什麼事，他是在很緊張地工作著，而不是回家裡來圖快活啊！一方面又想從他們那裡得到一些書報，關於全國運動發展的形勢的消息。他知道，如果他在這鄉間蒙著頭幹去，而不顧及這鄉間以外的事件，那他將會幹出錯誤來也未可知呢。這小小的鄉間的運動，是與全縣，全省，全國，甚至於與全世界都有著關連的啊！

　　我的親愛的同志們！我離開你們已很有些時日了。在這些時日之中，我在這微小的僻靜的鄉村中，開始了很有效驗的工作。你們可以相信我，我從來沒有覺著像我現在這樣地幸福過！因為在軍隊裡，我所執行的不過是一般的工作，而我在這裡卻執行著……啊，我應當怎麼說呢？這是根本的工作……

　　寫到這裡，李杰一時想不出如何表示自己的意思才好。他微笑著將秀長的兩眉蹙了一下，無目的地望一望他對面的牆壁。出乎他的意料之外，他現在才覺察出來那上面掛著一個小小的橫披，而在這橫披上畫著一株花葉很散淡的春蘭。他不禁將筆放下，向著這一幅畫感著興趣了。為什麼在此以前，他沒覺察到它呢？不，也許覺察到了，可是沒曾感覺到興趣……李

杰離開書桌，走至這幅畫前，開始端詳那瀟灑的筆調。忽然間，「蘭姑」這兩個字湧現到他的腦際了。不自主地，他漸漸地透過那一幅畫，想到他那過去的情史……

這樣，他幻想了一會。院中有誰個說話，發出一種高亢的聲音，這使得李杰如夢醒了也似的，微微地驚顫了一下，即時想到他所應做的事了。「我今天應將報告書寫成啊，呆立著在這兒幹什麼呢？」他不禁起了一種向自己埋怨的心情。他又回到自己的書桌，很堅決地坐下了。但是說也奇怪，他對面的一幅畫總是在引誘著他，使他不由自主地向那上面注視著，而「蘭姑」這兩個字也就因此不能離開他的腦際。雖然重新拿起筆來了，可是它無論如何不能往下寫出一個字來。過去的情事如無形的繩索一般，緊緊地在纏繞著他，使得他此時不能繼續他的工作。在幾次企圖著將筆移動下去，而終於沒寫出一個字來之後，他不禁對自己發怒起來了，狠狠地將自己的後腦殼擊了一掌。

房門一開，忽然小抖亂笑嘻嘻地，同時具著如小孩子發現了什麼奇事而驚異著的神情，慌忙地說道：

「李先生！快出去！有一個洋女學生來找你，哪個舅子扯謊。請你快出去！」

李杰完全不解是什麼一回事，驚怔得呆住了。半晌他方才問道：

「什麼？女學生？你說她來找我？」

　　小抖亂的神情變得莊重起來了。不知為什麼笑痕在他的臉上消逝了。聽著李杰的疑問，他點頭說道：

　　「是的，她來找你。現在院中站著，等你出去呢。我叫她進來好嗎？」

　　「不，不要，我出去！」李杰搖一搖頭說。這時猜疑，不解，驚奇，將他的一顆心占領住了，不禁如小鹿一般砰砰地跳動起來了。一面立起身來，一面口中不住地說道：

　　「怪事！怪事！……」

　　如走上火線即刻要與敵人廝殺的光景，李杰雖然在外表上把持著鎮靜的態度，然內心無論如何不能處之泰然。他終於走出廂房的門限了。他不大勇敢地舉起兩眼向院中一望，只見在那大殿的階下背立著一個剪髮的，身穿著淡青色的旗袍的姑娘。她這時眼睛是在瞻覽著關帝的神像。在院中立著的幾個鄉下青年，尤其是李木匠和癩痢頭兩人，向這姑娘的背影射著驚奇的眼光。他們全都啞然無聲，好像受了這姑娘的催眠一般。李杰輕輕地走近她的背後，她覺察出來了，回過臉來，很自然地帶著微笑，向走近她的面前的李杰說道：

　　「你是密斯特李嗎？我有要緊的話要向你說，不知你可能騰出一點時間來。事情是很危急的……」

　　李杰沒有過細聽真她的話，只先注意到她的一張翕張著的小嘴，高高的鼻樑，圓圓的眼睛，清秀的面龐……他並不是故意要審視她的姿容，可是一種驚異、不解的心情，使得他在初

時不自覺地有了這種行動。

「是的，」李杰半晌才說出話來。「事情是很危急的……（李杰自己不知道他所說的意思是什麼）密斯，請到裡面去坐……」

李杰這時忽然覺察到這位姑娘是誠實的，然而表現著恐怖的，焦慮的眼光了。他感覺到即刻這位姑娘要向他說出什麼可怕的事來。姑娘並不客氣地隨著李杰，走進李杰的房裡來了。多少道驚奇的眼光追射著他們兩人的背影，悄悄地期待著什麼奇蹟的出現。小抖亂首先輕輕地驚嘆著說道：

「你看，這位小姐真體面！洋學生的樣子到底和我們鄉下的婆娘不同！」

癩痢頭用手將小抖亂的肩膀推了一下，很正經地說道：

「別要瞎說！你知道她是李先生的什麼人？聽見了可不是玩的。」

「這也許就是李先生的那話兒。」有一個青年向小抖亂擠了一眼，這樣說。癩痢頭回過臉來罵了他一句。這時李木匠靜靜地坐在石階上，一句話也不說，低著頭在想著什麼心事。有兩個小夥子悄悄地走了幾步，企圖著到李杰的窗外去偷聽房內的動靜，可是被癩痢頭看見了，即刻將他們倆拉回轉來。

李杰將這位奇異的姑娘引進了自己的房中以後，即指著床請她坐了下來。她很好奇地將房中巡視了一下，不知為什麼，一瞬間她的臉上呈出驚嘆的，滿意的微笑。李杰不知如何開口為是，只侷促地收拾桌上的筆墨，欲借此以遮掩自己的不安。

但是他又覺得他不得不開口說話，似此沉默下去，實屬不便。後來他終於為難地從口中冒出半句話來：

「敢問密斯……」

姑娘拍一拍衣服，好像鎮定了一下，開始發出很溫和的，坦率的音調，向著李杰說道：

「密斯特李當然不認識我，不過說出來，也許密斯特李你會知道的。我是何松齋的侄女兒……」

李杰聽見這一句話，陡然想起前年他拒婚的事來了。他的一顆心不禁因之增加了跳動的速度，而臉上也泛起紅潮來。這位姑娘本來是他曾經拒絕過的啊！那時他為著愛戀著蘭姑，不願聽到任何其他女子的名字，所以才拒絕了她……這事他本來久已忘記了。現在這位姑娘忽然來找他，這是因為什麼呢？她所要求於他的是什麼？奇怪啊！……但是何松齋的侄女兒似乎毫不覺察到李杰的心情，繼續往下說道：

「我的名字叫做何月素，你或者聽見過也未可知。我知道你一定很奇怪，為什麼今天我跑來找你，我們從來沒見過面……在這鄉間是很蔽塞的，我居然冒著不韙來找你，這不是使你很奇怪的事情嗎？但是，密斯特李！」何月素的態度嚴肅起來，聲音也比先前沉重了。「你可知道你和你的同志們今天夜裡都要有性命的危險嗎？」

李杰幾乎跳將起來，連忙驚慌地問道：

「你，你說什麼？我們今天夜裡有性命的危險嗎？你怎麼知

道，密斯⋯⋯何？」

何月素用手將披散到眉毛的頭髮往上理了一理，不注意到李杰的驚慌的神情，依舊平靜地說將下去。

「你驀然聽見我這話，一定很難相信，不過，密斯特李，如果你細細地想一下，便會覺得這事來得並不突兀。你想想你們現在幹的是什麼事呢？你們組織了農會，你們號召農民打倒土豪劣紳⋯⋯你們也曾想過這是什麼事情嗎？這在土豪劣紳們，連你的父親也在內，他們的眼中看起來，無異是罪大惡極的行動。他們能毫不做聲地任著你們這樣幹下去嗎？他們能不籌謀對付你們的方法嗎？你們要打倒他們，那他們也便要來打倒你們⋯⋯因為這個原故，所以今天夜裡的事情，本是可以意料到的。」

「但是今天夜裡到底有什麼事情呢？」李杰迫不及待地問。

「我們鄉里的紳士們在你的家裡開了一個會議，」何月素繼續說道，「他們決定乘著你們不備，在夜裡來將你們打死，而我的叔父何松齋便被推為這件事情執行的人。他們的計劃，我從我的叔父口中都偷聽著了，就是今天夜裡差許多人來，乘著你們冷不防⋯⋯」

李杰忽然跳起來說道：

「真的嗎？」

「不是真的還是假的不成！」何月素睜著兩只圓圓的眼睛，厲聲地說道，「我怕你們要遭他們的毒手，特地在我叔父面前

扯了一個謊，說是要到親眷家裡望望，這才繞道跑到你們這兒來。我勸你們今天夜裡防備一下，別要小視此事才對呢！」

「是，是！」李杰這時鎮定起來了。聽了何月素最後的勸告，連忙感激著說道：「蒙密斯何冒著危險來報告我們這種消息，我們真要向密斯何表示無限的感激。密斯何這樣地熱心，真是女界中所少有的。」

何月素聽見李杰恭維她的話，不禁臉上紅潮一泛，很嫵媚地向李杰看了一眼，笑起來了。

「密斯特李！現在不是說恭維話的時候，還是預備今晚的事情要緊呢。」

李杰被何月素這幾句話說得難為情起來，不禁暗暗想道：「這個女孩子，看不出，倒很厲害呢！她還記得我拒絕她的婚事那一回事嗎？不料何松齋會有這麼樣的一個侄女兒……」李杰想到這裡，正待要開口回答何月素的當兒，不料在他們兩人的驚異的眼光中，王貴才引著一個鄉下的姑娘走進來了。

三十二

無論何月素怎樣地有著自信，無論她對於李杰的關係（在男女的情愛方面說）是怎樣地淡薄，她和李杰本是第一次見面啊！但是當她見著一個鄉下的姑娘，然而是一個樸素中帶著秀麗的姑娘，走進來了的時候，她的一顆心卻無原由地被妒火所燒動了。她幾乎帶著惡意地將進來的毛姑上下打量了一番，見著她雖然具著鄉下的樸素的姿態，但是那姿態在許多的地方令人感到一種為城市女子所沒有的美麗來。毛姑腦後拖著一個粗黑的辮子，身上穿著一件青紫色的短襖，沒有穿著遮掩下身的裙子。這裝束的確是很粗俗，然而何月素很能覺察到，這是一個可愛的姑娘啊！……

「這就是李杰所留戀著的那個女子嗎？李杰為著她而拒絕了我？」何月素想到這裡，不禁即刻很忿然地看了李杰一眼，但即刻又轉而想道：「但是，不是聽說那個女子已經死了嗎？……」何月素因為被思想所引誘住了，坐著不動，連向進來的人打招呼的禮節都忘記了。李杰在初時也同發了呆一般，驚惶地看著走進來的兩兄妹，宛然忘記了說話。後來他顫動了一下，好像從夢中醒來也似的，連忙笑著招呼客人：「請坐！」

貴才依舊立在李杰書桌子的前面，他的妹妹向著靠門的一

張木椅子坐下了。她紅著臉，默然地不發一語。她偶爾向坐在床上的何月素瞟一瞟，就在這時候她臉上的紅潮更泛得厲害，也不知是由於害羞，也不知是由於妒意。她的哥哥不住地將眼光射著何月素，可是何月素的神情並沒注意到他的存在。房中的空氣如受了重壓一般，一時寂默到不可寂默的程度。李杰表面上雖無什麼動作，可是滿腦海裡起了波浪。

「這是怎麼一回事啊？」他想。「平素一個女子也不上門，今天忽然莫名其妙地跑來兩個女子……」

後來還是王貴才衝破了一種不能忍耐的寂默。病了幾日，沒有到農會來，聽見他說話的聲音，李杰這才覺察到他有點清瘦了。他手中持著兩朵鮮紅的野花，一上一下地顫動著。

「李大哥！兩天不來這裡，我真有點著急呢。」他說著這話時，將兩朵野花向桌上的筆筒插下。「毛姑老早就想來看看這裡像什麼樣，」毛姑此時向著李杰含羞地笑了一笑，這一笑可是把李杰的心境弄得搖盪了。他覺得那是異樣地嫵媚，異樣地可愛……但是他即刻把持住了自己，繼續聽著貴才的述說。

「但是兩位老人家不准她來。」貴才繼續說道，「今天她硬要求我，偷偷地跑了來。她說，一天到晚在家裡過著討厭的日子，實在太夠了。她想看一看，到底男子們在外面做一些什麼事情。……」

毛姑見著她的哥哥說到此地，不禁又含羞地向李杰笑了一笑。李杰向坐在床上的，默然的，彷彿也在靜聽著貴才述說的

何月素，瞟了一眼，笑著說道：

「事情並不是只有男子們可以做的。男子們所能做的事，女子也可以做。現在的世界有點不同了。有的女子比男子還厲害些，還要勇敢些。你們看，這位何小姐就是這麼樣的一個女子。何小姐冒著險來報告我們的消息，如果不是何小姐……」

這時兩兄妹齊向何月素驚訝地望著，何月素感受到他們的眼光，不自主地起了一點輕微的傲意，臉上蕩漾著一層薄薄的微笑的波紋。

「那我和張進德兩人，說不定明天就不能與你們相見了。」

「是怎麼一回事呀？這位何小姐從什麼地方來？是不是……」

李杰好像不聽到貴才的話也似的，仍舊射著感激的眼光，面向著何月素說道：

「何小姐是何松齋的侄女兒，她今天特地背著叔父跑到這裡來報告我們，就是我的父親李敬齋，她的叔父何松齋，還有張舉人，他們決定將我們辦農會的人打死，今天夜裡他們就要下手……」

毛姑泛著紅的面孔忽然蒼白起來了。恐怖充滿了她的眼睛，瞪瞪地向李杰望著。她的哥哥卻為著憤火所燃燒著了，兩眼一翻，狠狠地向桌面擊了一拳，叫道：

「真的嗎？」

「這當然是真的，何小姐當然是不會騙我們的。你來得正

好，請你即刻到吳長興的家裡去，張進德在他那裡，叫他趕快
回到會裡來，好商量商量今天夜裡的事情。」

貴才一聞此言，便離開房中的人們，頭也不轉地跑出去
了。他宛然如同忘記了他所帶來的年輕的妹妹。李杰紅一紅
臉，有點難為情的樣子，向著毛姑說道：

「毛姑娘！你今天來得正好！這位何小姐是很有學問的，她
一定可以告訴你很多的事情。」

毛姑欲言而又怕張口的樣子，半晌才羞怯地說道：

「何小姐也在農會裡辦事嗎？」

何月素聽著此言，不知為什麼，將臉紅了一下。她裝著不
聽見他們兩人談話的神情，只張望著房中的布置，李杰向她瞟
了一眼，略一搖頭，笑向著毛姑說道：

「何小姐現在還沒有在農會裡辦事，不過我想，她也許願意
到我們這裡來辦事呢。」李杰轉過臉來向何月素笑著說道：「密
斯何！是不是？你願意來幫我們的忙嗎？」

「我是一個女子，你們要我來幫什麼忙呢？」何月素很靦腆
地笑著說。

「革命的事情並不一定都是男子們幹的啊！……」

何月素即刻取消了靦腆的態度，轉換著一種不屈有自信力
的聲調說道：

「我並不是說革命一定都是男子們幹的，而我們就不能幹。
不瞞密斯特李你說，我老早就想跑到外邊去了，無奈我的環境

太壞，我沒有這般做的力量。現在你們如果有什麼需要我的地方，我是一定要做的，絕不退避。不過我能做什麼事情呢？」

「事情是多得很呢，」李杰說，「不過這麼一來，你的家庭問題倒怎麼辦呢？你的叔父……」

何月素不待李杰說完，便帶點憤意地冷笑道：

「密斯特李！只有你才能脫離家庭嗎？你能夠離開你的父親，我就不能離開我的叔父嗎？如果你們願意，我從今天起就不回家了。但是，不過……」何月素的聲音有點降低了，臉上復露出為難的神情。李杰接著向她問道：

「密斯何既然有此決心，難道還有什麼為難的地方嗎？」

「不過我究竟是一個女子，女子究有許多不方便的地方，而且鄉下的人封建極了，……我一個女子是不能住在你們這廟裡的。請密斯特李明白這一層。」

何月素沉默下來了。李杰沉吟了一會，後來說道：

「這倒是一個問題，不過我想，這事也容易解決。」李杰說至此地，向坐著不語的毛姑瞟了一眼。毛姑好像被這一眼所鼓動了也似的，開始羞怯地說道：

「我聽不大懂你們的話，可是我覺得我也馬馬虎虎地懂得一點。何小姐不是說住在廟裡不大方便嗎？我想這事情倒好辦……如果可以的話……」

毛姑害羞，忽然停住不說下去了。李杰急忙問道：

「毛姑娘有什麼法子好想呢？請快些說出來給我和何小姐聽

聽。」

「如果可以的話……」毛姑現著十分害羞的神情，又開口低低地說道，「我願意來陪何小姐，不知何小姐可願意嗎？」

李杰如解了什麼難謎也似的，聽見毛姑這話，不禁連聲說道：

「好極了！好極了！難得毛姑娘願意這樣。我想，密斯何，你也不會反對這種辦法罷？我將我的這間房子騰給你們兩個人住，而我搬到對過去。」

「但是我究竟能做些什麼事情呢？」何月素問。

「事情多著呢！我們本來打算設一婦女部，可是因為沒有人擔任，終於沒有設。現在你來了，這婦女部就請你擔任。」李杰回過臉來向毛姑娘瞟了一眼，笑道：「毛姑娘很能幹，可以做你的一個幫手。」

毛姑羞急得漲紅了臉，抿著嘴，射著埋怨也似的眼睛，十分不安地說道：

「李先生也真是……我能幫何小姐做什麼呢？何小姐有學問，還要我來幫她？我是一個鄉下人……」

「我難道是一個城裡人嗎？我們這裡誰也不是城裡人。」

何月素說了這話，和著李杰同聲笑起來了。三人接著談論些別的話……期待著王貴才和張進德的轉來。

三十三

陰沉的黑夜。偶爾飛落一絲兩絲的微雨。在微微的春夜的薄寒裡，一切的村莊，樹林，田野，淒然地靜寂著，宛然沉入了艱苦的、難以催醒的夢鄉。關帝廟呈現為一個巨大的黑堆，悄悄地躺著不動。兩扇廟門虛掩著，彷彿在這陰沉的黑夜裡，裡面住居的人並不憂慮到會有「不速客」的到來。廟門前的空場上的樹根下，偶然蠕動著黑影，有的黑影忽而伏著，忽而站著，表現著一種不耐煩的期待的情狀。

「媽的，還不來，真等急死人！」只聽見有一個黑影發出低低的這樣埋怨的聲音。

「不要說話，你這渾蛋！」別的一個黑影更低微著這樣說。

「你聽，大概是來了……」

空氣陡然緊張地寂靜起來，沒有一個黑影再蠕動了。遠遠地傳來正向這兒走著的低低的談話聲，腳步聲……越來越近……最後有十幾個黑影在廟門前的空場上出現了。他們的手中都持著什麼長短的器具，但是因為在黑夜裡的原故，雖然在很短的距離以內，也看不清楚所持的是什麼。只見有兩個先走進廟門看一看，即刻回轉來向大家輕輕地說道：

「廟門開著呢。」

「大概是忘記關了。」

「媽的，該他們要死！」

「快進去！……」

黑影們究有點膽怯的形狀向著廟門移動了。兩個首先推開廟門走將進去，不料就在他們倆剛跨進門限的時候，廟門背後兩邊有兩條粗大的木棍打將下來：一個哎喲一聲便噗通倒在地下，一個扶著負痛的肩臂，拚命地跑回轉來。

「不好了！他們有防備了！」

這話剛歇，只聽哇喇一聲如山崩了也似的喊叫，從各樹根下跑出許多黑影，他們手中各持著傢伙，齊齊地打來。來偷攻關帝廟的黑影們在巨大的意外的驚駭之中，都不顧性命地四散奔逃了。有的，大概是無經驗的年輕的原故，竟駭得哭出聲來。有的受了重傷，便倒在地下呻吟著。有的被打倒之後，又掙扎著爬起來跑了。結果被活捉了三個。

「媽的，沒有把他們一個一個都活捉到！」

「你們來的時候沒有算一算命，我造你們的親祖宗八代！」

「起來！媽的，你還裝佯嗎？」

「拖到廟裡去！」

「…………」

一種歡笑的，咒罵的，混合的聲音，打破了黑夜的靜寂。微雨停止了。天上的烏雲淡薄了些，隱隱地露出昏黃不明的月光來。這時廟內的燈火已燃著了，眾黑影湧進了廟內之後，

在光亮之下才現出各人所特具的面目。一種勝利的情緒包圍住了眾人，眾人亂哄哄地一時找不出怎樣才能表示出歡欣的談話來。癩痢頭口中不斷地罵著「媽的，媽的……」，大概這就是他表現歡欣的方法了。素來沉默著的，不知歡欣為何物的吳長興，現在也禁不住在自己的平素是苦喪著的面孔上，流動著得意的微笑。張進德開始和李杰商量如何審判俘虜的事情……

被俘的三個人被捆綁在大殿的柱子上。兩個不斷地呻吟著，哀求著，一個低著頭兒毫不聲響。小抖亂走上前去，用手將這人的頭往上一搬，仔細審視了幾眼，不禁又是歡欣又是驚異地叫了出來：

「這是胡根富的二兒子啊！」

李木匠一聽見小抖亂的叫聲，便連忙大踏步地走將過來，定著眼睛看了一下：果然，不錯，這是胡根富的二兒子！不禁將腦中的念頭轉動了一下，「媽的，你今天也落在老子的手裡了……」啪的一聲，就給了一個很響亮的耳光。眾人為這一巴掌的響聲聽驚怔住了，都開始向著發憤的李木匠望著。

「打罷，打罷，使勁地打罷，木匠！現在是你報仇的時候了！」

「木匠！你問一問他的老婆在家裡好嗎？」

李木匠不顧及眾人的同情與譏笑，仍繼續將巨大的巴掌向著胡根富的二兒子的臉上拍去。這小扒皮倒有點能耐，任著李木匠的痛打，一聲兒也不響。眼見得他的臉孔逐漸紅腫起來

了。因為自己手痛了的原故，李木匠才停住不打了，憤憤地吐了他臉上一口唾沫，默默地退到一邊，喘著氣。

「我的乖乖！今天李木匠可出了氣了！」癩痢頭笑著這樣說。在燈光之下麻子都發了亮的劉二麻子，正欲依照著李木匠的榜樣，剛一舉起拳頭來的當兒，張進德和李杰走上前來了。王貴才立在李杰的後邊，好像為他保鏢也似的。

「老二！別要打他！」張進德將劉二麻子拉過一邊說道，「打死了，我們反而沒有戲唱了。我已有了主意……」張進德說著，便轉向被捆綁在右邊柱子上面的，這時還在呻吟著的兩個俘虜面前走來。他先向那一個約莫四十歲的漢子望了一望，覺得好像有點認識他，但一時不能記憶起來。只聽得那漢子口中喊道。

「冤枉呀，冤枉！早知如此，我任著不種田了也不來這裡……」

「這可就奇怪了！」張進德向著立在他旁邊的眾人巡視了一眼，微微地笑道：「半夜三更你們想要來把我們打死，又沒誰個請你來，你怎麼說叫著冤枉呢？如果我們被你們捉住了，那可真是冤枉呢。」

「你不知道，會長老爺呀！」

「我是會長，可不是老爺。」張進德打斷他的話頭說。

「我在田裡做活做得好好的，東家打發人將我喊去，硬逼我今天夜裡來到這裡……我什麼也不知道……可憐……」這漢子眼見得覺得自己太冤枉了，忽然放聲哭了起來。張進德依舊如先

前一般的平靜的話音，向他問道：

「你的東家是誰呢？」

「就是張舉人……」他很用力地，哽咽地吐了這麼一句。大家不做聲，群立著不動，期待著他往下的訴說。半晌他又哭著說道：

「張舉人逼我今天夜裡來……他說，如果我不願意，那他就不給我田種了。諸位想想，我一家五口，老的小的，不種田不是要討飯嗎？他又說，成了事之後，每人還有重賞……我沒有法子，只得……只是怕沒有了田種，並不想要什麼賞錢……請諸位開一點恩罷！我任著討飯，下次再也不敢了。」

張進德沉吟了一會，後來吩咐立在他的右首的癩痢頭說道：

「將他放了罷。」

「不揍他一頓，給他一個乖。就這樣把他放掉嗎？」癩痢頭有點懷疑不解的樣子這樣反問張進德，仍舊立著不動。

「他比不得胡小扒皮。」張進德解釋著道，「他是被逼迫來的，情有可原。快把他放了罷！」

癩痢頭露出不高興的神情，但張進德的命令又不得不聽，只得走向前去，將被捆綁著的人的身上的繩索解了。這漢子被放了以後，向著眾人磕了一個頭，預備即刻就走出廟門去。但是張進德將他喊轉來，向他問道：

「你知道農會是幹什麼的嗎？」

這漢子驚怔住了，似乎不瞭解這句問話的意思。張進德接

著又重問了一句。他半晌才口吃地說道：

「我……我不知道……農會是……」

「農會是保護窮人的利益的，」張進德為他解釋著道，「是要種田的人不受田東家的欺，你明白了嗎？你的田東家為什麼要殺害我們辦農會的人呢？就是因為我們要打倒田東家，對他們不利，你明白了嗎？……像你這樣的窮人應當加入我們的農會才是道理，如何能幫助田東家來打我們呢？往後萬不可再這樣了！……」

「是！是！不敢了！」他一邊說，一邊往後退去。他終於如畏縮的老鼠一般，走出廟門了。唯有癩痢頭有點埋怨似的，自對自地說道：

「媽的，便宜了他！這小子是豬玀！幫助田東家。媽的……窮人應當幫助窮人才是，媽的……」

「請你們也把我放了罷！我是更冤枉了！哎喲，好痛呀！」

眾人回過身來，又將第三個被綁著的俘虜圍繞著了。這是一個二十五六歲模樣的強壯的漢子，他的叫喊的聲音很響亮。他的耳根下有點血痕，大概是被打傷了。眾人聽見他這樣地喊叫著，都禁不住好笑起來了。好事的小抖亂首先笑嘻嘻地開口問道：

「我的乖乖！你怎麼更冤枉呢？快說，你這小小的活寶貝！」

李木匠忽然跑上前來，將小抖亂推開一邊，很急迫地，驚慌地說道：

「你，你不是何三寶嗎？你，你怎麼發了昏……幹出這件事情來？我不是早告訴過你……」

眾人見著李木匠的這種行動，不禁都目瞪著他，表現出異常的驚愕。何三寶見著李木匠這樣問他，即時低下頭去，一聲兒也不響。如期待著什麼也似的，眾人都寂然立著不動。鼓噪著的大殿，現在忽然被沉默的空氣所壓住了。張進德用眼睛向李杰望了一下，張一張嘴，但終於沒說出話來。

「木匠哥！」何三寶低著頭不動，半晌方才低低地懊悔著說道，「是的，不錯，我發了昏。只因為賭博輸得太厲害了！無處弄錢，因此才答應了何二老爺，貪圖他的一點賞錢。他答應我，在事情辦妥了之後賞我十塊錢。我一時發了昏，便做出這種事來。唉！……」

何三寶將披散著發的頭搖了一搖，接著嘆了一口冤枉的長氣。從來硬心腸的李木匠，至此時也不免現出憐憫的神情。他低下頭來沉吟了一會，後來說道：

「本來你這種行為是不能原諒的，不過我既然是你的朋友，便應當搭救你才是。不然的話，人家要罵我為無情無義之人了。你我雖比不得桃園結義的弟兄，」說至此，李木匠向著坐在上面的關帝神像望了一眼。「但是我李木匠是不會辜負朋友的。不過你要答應我……」

「只要你救了我，我便什麼都答應你。現在我懊悔也來不及了！往後我一切都聽你的話。」何三寶這樣很堅決地說。

「你要答應我，往後再不要受他們有錢的人指使來反對我們的農會！你要知道我們窮光蛋應當衛護窮光蛋……」

「木匠哥！我可以向天發誓！如果我何三寶往後不改邪歸正，一心一意衛護農會，就要雷打火燒，死無葬身之地！」

李木匠聽見何三寶這樣堅決地發了誓，不禁喜得兩隻秀眼密攏住了。但他不敢即行將何三寶身上的繩索解開，轉過臉向立著不做聲的張進德問道：

「進德哥！你看這怎麼辦呢？」

「將他放了罷。」張進德將手一舉，很不經意地說。李木匠如同得了皇恩大赦一般，即刻將被捆著的朋友解了開來。何三寶的兩隻手腕已捆得紫紅了。

「我不回去了。」何三寶一面將腕上的傷處撫摸著，一面很不客氣地向大家說道，「反正我也沒有什麼家，獨自一個人過日子。我就在這裡住下好嗎？我可以在這裡打打雜，跑跑腿。你們要我不要我？……」

沒有等到大家的回答，何三寶忽然指著捆綁在他對面的胡小扒皮說道：

「媽的，這東西最可惡！我們不主張將你們打死，可是他偏偏要將你們打死……我要扯謊就不是人娘養的！」

眾人都憤然地將眼光射到胡小扒皮的身上。癩痢頭不問三七二十一，就向胡小扒皮的大腿上狠狠地踢了一腳。胡小扒皮低著頭不做聲的態度，更將癩痢頭激起火來。他接連又踢了

兩腳。

「我造你的媽媽！」癩痢頭罵道，「你要將我們打死嗎？老子打給你看看！」

胡根富的二兒子依舊如死人一般，毫不聲響。癩痢頭向眾人骨碌了一眼，不知如何繼續行動才好。劉二麻子捲一捲袖口，正要預備上前發泄憤火的當兒，張進德打斷了他的興頭，止住他說：

「別要打他了！打死了也沒用。天已不早了，大家暫且休息一下，等到明天我們再來處治他。廟門關好，怕他跑了不成？派兩個人輪流看守著他……」

聽了這話，各人的臉上忽然現出睡容來，齊感覺到欲睡的疲倦了。唯有癩痢頭和小抖亂兩人精神如常，不願意離開被捆綁著的胡小扒皮的身旁……

三十四

朝陽穿過窗孔，侵襲到張進德的枕頭了，張進德這才從睡夢中醒來。他睜一睜惺忪的睡眼，見著時候已經不早了，一骨碌爬起身來。出乎他的意料之外，他沒聽出一點兒人們的動靜。全廟中啞然無聲，彷彿只有他一個人在這裡住著，此外再無其他的聲息。「難道他們都還在睡著，沒有一個人醒來嗎？……」他想。在靜寂的早晨的空氣中，好像昨夜晚的經過：捕捉敵人，歡欣的哄動……一切都消逝了影子。好像從這一切之中，留下來的只是張進德，只是這空空的廟宇，只是從這窗孔中所射進來的陽光，這是怎麼一回事呢？

張進德將衣服急忙地穿好，走出自己小小的房門，來到院中一看，只見大殿中的柱子上綁著的胡小扒皮低低地偏著頭不動，而在他旁邊坐著的兩個人正在那兒打盹。除此而外，連別的一個人影子都沒有，一切人們都不知跑到什麼地方去了。張進德不禁更加疑惑起來了：「這是怎麼一回事呢？活見鬼！……」當他走近兩個看守的人的面前，他們倆還是在打著盹，口沫流得老長的，一點兒也沒有覺察到。「如果有人將你們倆偷去了，你們倆還不知道呢。」他不禁這樣想了一想。舉目一看，倒是胡小扒皮覺察著他的到來了。只見臉孔上有著傷痕和灰垢的胡小

扒皮，不恭順地瞅了他一眼，又將頭轉過去了。他見著胡小扒皮的這種倔強的態度，不禁暗暗有點納罕起來：這小子真是一個硬漢呢！……不知為什麼，一瞬間，張進德為一種憐憫的心情所激動著了，陡然地憐憫起他面前的犧牲物來。「我與他既無仇恨，何苦這樣對待他呢？一夜的苦頭諒他也受夠了，不如把他放了罷……」想到這裡，不知從什麼地方刮來一陣微寒的晨風，使得思想著的張進德驚顫了一下，即刻改轉過來了他的思想。「張進德，你發了瘋嗎？何三寶不是說他要來殺死你和你的同志嗎？也許他不是你個人的仇人，但是他是農會的仇人啊！……」

「媽的，打死你這個舅子！」

打著盹的一個看守人忽然說了這一句夢話，張進德覺得有點好笑。他走近他的跟前，輕輕地向他的腿上踢了一下，他這才從夢中驚醒了。用手揉一揉惺忪的眼睛，驚惶而不解地向著立在他的面前的張進德呆望。張進德笑著說道：

「你要打死誰呀？誰個把你偷去了，你還不知道呢！」

聽了這話，他即刻驚慌地尋視捆綁著的胡小扒皮，看他還在不在。見著所看守的對象還安然無恙，這才露出一種輕鬆的，放了心的神氣。這時他的別一個夥伴也醒轉來了。張進德見著他們兩個是平素不大來到農會的人，不知為什麼，昨夜晚也被王貴才拉來了。

「他們都跑到什麼地方去了呀？」張進德問。

一個年輕一點的開始說道：

「他們天剛一亮就跑出去了，教我們兩個看守著這傢伙。我問他們到什麼地方去，他們糊裡糊塗地說得不清不楚，我也沒聽明白。李木匠，劉二麻子領著頭……」

「我聽見他們商量，」別一個插著說道，「好像去要燒哪一家的房子。」

「啊，這才是怪事！」張進德很疑惑地想道，「燒房子……燒什麼人家的房子呢？為什麼？……不打我一聲招呼就這樣胡幹。這才是怪事呢！……」

張進德帶著滿肚子的疑惑，離開了大殿，向著李杰的房間走來。房門虛掩著，張進德輕輕地一推，便走將進去。他見著床上臥著兩個人：靠著牆的床那頭臥著的是李杰，而床這頭臥著的是他的好友王貴才。李杰臉向著窗戶很疲倦地臥著，未脫去衣服的右手臂向床沿下筆直地垂著。偶爾在疲倦的睡容上露現出來微笑的波紋，好像在做著什麼甜蜜的夢也似的。臉孔也就因此更顯得孩子氣了。王貴才面向著床裡睡著，看不出他的睡後的姿態來。張進德將李杰的臉孔審視了一下，忽然起了一種難以形容的感覺：他飽滿著溫情，好像現在是在玩味著他的睡後的小弟弟，想要溫存地撫摸撫摸，很親愛地吻一吻。他感覺得他是這個可愛的孩子的老大哥了。

他想起來了李杰的身世……李杰對於工作的努力……雖然有時不免於孩子氣，有點任性，但是他對於事業的熱心，征服

了鄉下人對於他的懷疑⋯⋯他，張進德，很知道自己為什麼要革命，因為這個世界對於像他這樣的人們是不利的，是不公道的。而他，李杰，本是一個養尊處優的公子哥兒，為什麼要革命呢？⋯⋯張進德從未曾好好地企圖著尋出這個理由來。李木匠有時向他提出這個問題，他總是說道：

「世界上盡有許多不專門利己的人啊！我知道，李杰他是能和我們在一道的！」

對於他，張進德，這問題似乎很簡單：李杰既然要革命，那我們就得信任他，沒有再追尋「為什麼」的必要。要做的事情多著呢，誰個有閒功夫來問別人為什麼要革命呢？要革命就革命，不革命就拉倒，問題再簡單也沒有了！⋯⋯

張進德本來打算要向李杰報告意外的事變，但是當他見著李杰的這般睡容的時候，忽然覺得不忍心來打斷他的好夢。「讓他醒了之後再說，」張進德這樣想著，便不開口叫喚睡興正濃的李杰了。王貴才很機械地醒轉過來，見著張進德立在床前，開口問道：

「時候不早了罷，進德哥？」

張進德向他笑著說道：

「太陽已經曬得你的屁股痛了，你說早不早？」

「他們呢？」

「都跑掉了！」

王貴才一骨碌兒爬起來坐著，睜著小小的圓溜溜的眼睛，

很驚異地問道：

「都跑到什麼地方去了呀！」

就在這個當兒，李杰醒轉來了。用手揉一揉還不欲睜開的眼睛，慢慢地，懶懶地說道：

「是怎麼一回事呀？啊呀！」他接著打了一個呵欠。張進德帶著半開玩笑的聲調說道：

「怎麼一回事？人都跑光了，你們還在撅著屁股睡呢。快起來！」

李杰剛欲問明情由的當兒，忽聽見院內哄動起來了。只聽見叫罵聲、歡笑聲、哭泣聲、哀告聲，混合了一團。張進德將眉頭蹙了一下，向著李杰說道：

「你聽！這才真是一回什麼事呢！」

三十五

　　大殿中沸動著擁擠著的人們的頭顱。一片鼓噪著的聲音，幾乎是同一神情的面孔，令人一時很難辨認得清楚。當張進德，李杰和王貴才三人向著人眾裡擠進去，打算看一看是一回什麼事的時候，沸動著的人眾好像沒有覺察到他們的存在也似的。只見大殿中的幾桿柱子上，除開原被捆綁著的胡小扒皮以外，又加上了兩個新的。張進德一眼便認出那一個是胡根富，一個是髮已雪白了的張舉人。癲痢頭手持著竹條，正有一下無一下地鞭打著張舉人逗著趣，而鞭打著胡根富的那個漢子，張進德卻不認得。眾人的視線都集中到這兩個新囚的身上，有的拚命地罵著，有的相互地討論著如何處置他們的對象。他們好像忘記了張進德等的存在，這使得張進德有點生氣起來，他走至正在和何三寶商量著的李木匠的跟前，默不做聲地站著。李木匠眼見得為目前的情事所興奮著了，忘記了理那披散到額前的頭髮；他一手撐著腰，一手擺動著不息。何三寶笑嘻嘻地聽著他的朋友，有時插進一兩句話；他完全改變了昨晚被捆綁著時那種可憐的，不振作的情狀了。張進德這時覺察到了何三寶的鼻樑特別地高，一張嘴特別地大，或者可以塞進去一個拳頭。

　　「木匠！」

　　李木匠正在鼓著興頭的當兒，被張進德這一聲喊得驚顫了一下。他回過臉來一看是張進德，即刻好像被捉住了的小偷兒也似的，現出一種驚慌、求饒的，犯了罪也似的情狀來。他張了一張嘴想說什麼，但他終於沒發出聲音來。

　　「你們連向我和李同志一聲招呼都不打，就幹出這種事情來，這樣實在是……」

　　「進德哥！」李木匠低低地說道，「這都是劉二麻子和小抖亂們商量出來的，不干我的事。不信你去問問別人！」略微沉吟了一會，他又繼續比較氣壯一點地說道：「不過我想，張舉人這老東西實在可惡極了！平素專門欺壓平民，倚財仗勢。至於胡根富這小子平素放印子錢，吃過他的苦頭的也不知有多少！窮人們恨他算恨透了！這一次他又叫自己的兒子來殺害我們，這當然是死有餘辜……」

　　「我並不怪你們不該把他兩個捉來，不過你們連一聲招呼都不打，這未免太不對了。有事大家商量一下才行。」

　　張進德說至此地，聽見綁在他後面柱子上的張舉人的哀告的聲音。他離開了李木匠，轉過身向張舉人走來。只見李杰立在張舉人的面前，現出一種淡漠的，然而又是一種輕蔑的神情。從他的一雙俊秀的眼睛中，射出一種十分厭惡的光來。張舉人張著乾枯了的嘴唇，毫無氣力地哀求著道：

　　「……救一救我罷，李世兄！我們都是世交，望李世兄看著尊大人的分上將我放了罷！我年已花甲，將我殺死了也沒用

處。此後地方公事，我絕不過問就是。像我這風燭之年，還有什麼能為呢？李世兄，救一救我罷！……」

李杰正要開口的當兒，忽然有一個年輕的農人跑過來，向著李杰急促地說道：

「李大少爺！千萬別要放他！這老東西可惡極了，我的四叔幫他家做夥計，犯了一點小事，就被他打了一頓趕了出來，連工錢都不給。我的三舅種他三畝田，去年因為收成不好，要他把租稻減少一點，無奈這老東西執意不肯，硬逼我三舅將一個小女兒賣給他做丫頭。還有他將劉大呆子送到縣裡押住了的事情……你看這老東西壞不壞呢？李大少爺！千萬別要放他！」

這個年輕的農人說話時，兩片厚厚的嘴唇顫動著，兩眼射著又是憤恨又是哀告的光來。李杰明白了這眼光所表現的是些什麼。

「你聽見了他說些什麼話嗎？」李杰很冷靜地向張舉人說道，「我可以放你，可是他不能放你。你平素所做出的殘酷的事情不能放你。如你所說，我們實在是世交，可是我抱歉得很，今天不能救你老人家，尚請你加以原諒才是。」

張舉人睜著一雙失望的老眼，看著李杰一點也不憐惜地離開他而走去了。他漸漸將眼睛睜大起來，忽然好像他已意識到自己陷入了絕境也似的，哧的一聲痛哭起來了。他將兩膀掙扎了一下，眼見得他是欲抱頭痛哭的，可是他的手被捆綁著了，沒有掙扎得開來。癩痢頭手持著竹條又走上前來了。他一面用

竹條點著張舉人的頭，一面打趣著笑道：

「我的老乖乖！別要這樣傷心罷！傷心幹什麼事呢？你不是很有錢嗎？你的錢到哪裡去了？你不是很有勢嗎？你的勢到哪裡去了？我的乖乖啊！」

眾人都只注意到癲癇頭打趣的神情，不料說到最後一句時，他將牙齒一咬，嘩喳一聲向張舉人的肩背上打了一鞭，狠狠地罵道：

「我打死你這做惡的老東西！我造你的八代祖宗！」

很奇怪，張舉人被這一竹條打得停住哭了，只睜著兩隻淚眼驚怔地瞪著他，好像不明白發生了什麼也似的。眾人見著這種情狀，一齊都笑起來了。忽然王貴才走上前來，將癲癇頭持著竹條正欲打下的一隻手拉著了，說道：

「不要打他了。媽的，我想出來了一個好辦法對付他……」

「你想出來了什麼好辦法呢？」

眾人齊聲地問王貴才，王貴才又忽然如動了什麼重要的心事也似的，即刻丟開了癲癇頭的手，預備提起腳來跑開。小抖亂一把把他的衣服拉住了，兩眼向他瞪著問道：

「你這傢伙發了瘋嗎？你說你想出來了好辦法，那你就說呀，為什麼又要跑開？」

王貴才將眼一瞪，解開了小抖亂的手，一聲不響地跑開了。在驚怔了一會兒之後，眾人開始向王貴才追蹤而來。他們好像把被捆綁著的張舉人忘記掉了。

　　張進德和李杰立在院子的中間，詢問劉二麻子和李木匠關於如何把張舉人和胡根富捉來的經過。起初劉二麻子和木匠還互相抵賴，你說是我引頭的，我說是你引頭的……後來他們兩人爽快地承認了，事情是他們兩人的同謀。在天剛亮的時候，李木匠想出了主意，便和好事的小抖亂商量，而小抖亂即刻喊醒了劉二麻子，告訴他去捉拿住在離關帝廟不遠的胡根富和張舉人……

　　「怕要打張進德和李先生一聲招呼罷？」劉二麻子說。李木匠和小抖亂同聲地反駁他：

　　「為什麼要打他們招呼呢？我們這樣做是沒有錯的。他們正在呼呼地睡著，不必驚醒他們，讓他們睡一睡也好。等他們醒來了之後，見著我們把張舉人和胡扒皮捉來了，哪怕不高興死了嗎？」

　　「媽的，我領頭，我知道怎麼樣去捉張舉人，包管你不費吹灰之力。」何三寶這樣鼓動著說。劉二麻子想了一會便答應了。於是他們便留下兩個人看守胡小扒皮，而其餘的人都出發了……

　　「我主張把這兩個老東西打死掉！」李木匠最後向張進德和李杰提議著說道，「留著他們幹什麼呢？他們是我們這一鄉的禍害。」

　　「你說把他們打死嗎？」張進德輕輕地問了這麼一句，並不期待著李木匠的回答，將頭仰向天空，好像那上面飛著的幾

塊白雲能夠引起他的什麼思想也似的。李杰也跟著向那天空望
去，一時沒說出什麼話來。出乎他的意料之外，有一個人忽然
將他的肩頭重重地拍了一下。他回過臉來一看，見是滿臉現著
歡欣的，慶幸的笑容的王貴才。未來得及問王貴才的時候，王
貴才已開始興奮地說起來了。

「大哥！你知道嗎？我想出來了一個好辦法……就是，
不如把張舉人和胡根富綁著遊街，使他們出出醜。弄一套鑼
鼓，媽的，一面拉著遊街，一面敲著，怪熱鬧的，你說可不是
嗎？……」

「好極了！」

李木匠這麼和了一聲，便鼓起掌來。李杰目視著張進德，
雖然表示著同意的神情，但沒說話。張進德向著王貴才呆呆地
瞪了一會，後來在他那肅靜的面容上蕩漾起微笑的波紋來。他
回過臉來問著李杰說道：

「也好，就是這樣幹一下罷！平素他們在鄉下人的眼裡該是
多麼地高貴，該是多麼地了不得，媽的，現在也教他們出出醜
才是。我們要使鄉下人知道，有錢有勢的人並不是什麼天上的
菩薩，打不倒的，只要我們窮人聯合起來，哪怕他什麼皇帝爺
也是可以推翻的。好，我們這樣幹罷！……」

三十六

　　何月素在毛姑的家裡過了一夜。她算初次實地嘗受農民生活的況味了：低小的茅屋，簡單的菜食，粗陋的桌椅，不柔和的床鋪……這迥異於她家裡的一切。從前，她也在什麼時候曾想像過農民的生活，那也許是很苦的，那也許為她這種樣的人所不能過的，然而現在當她和這種生活接觸了的時候，雖然她也初感著不安，可是後來將自己勉強了一下，倒也覺得沒有什麼為她所不能忍受的地方。她的好勝心很重，如果在起初她有點不慣於這種儉苦的生活，那當她一想到李杰是怎樣地行動著的時候，她便對於自己小姐的習慣加以詛咒了。

　　毛姑的純樸的性格，活潑的態度，直爽而有趣的言語，很快地就使得何月素在她的身上發生深切的興味了。何月素很少知道鄉下的姑娘；雖然生在鄉間，但她卻很少與像毛姑這樣的鄉下的姑娘們接觸過。現在她仔細一研究毛姑，覺得像毛姑這樣的鄉下的姑娘，的確有一種特殊的為城市女子所沒有的優點，如果李杰愛上了這個簡單的姑娘，那這個姑娘，也實在有值得他愛的地方。

　　本來約定今早王貴才回來報告消息，但王貴才直至午後還不回來。王榮發老夫妻倆焦急得不堪，只是相對地埋怨著，嘆

著氣，他們倆生怕自己的兒子遭遇著了什麼災禍。見著毛姑昨晚伴著一個洋女學生到了自己的家裡，兩老人家的心裡老是不高興，可是因為素來尊重客人的原故，便也很客氣地招待了何月素。何月素本來想和兩位老人家談談話，但是一種生疏的感覺打敗了她的這種企圖。毛姑也好像覺察到了這個，總是將何月素絆著在自己的小房裡，不使她和兩位老人家見面。

午後毛姑端了兩張小凳子，和著何月素走向屋旁小竹林裡。兩人坐下了之後，毛姑便開始向何月素問這問那：洋學堂裡的生活有趣不有趣，念什麼樣書，體什麼樣操，唱什麼樣歌……何月素一面和毛姑談著話，一面聽著小鳥的叫鳴，微微地感受著涼爽的竹風。她完全覺得她變成別一境界的人了。

「聽說那外邊的洋女學生也革什麼命，是不是？」毛姑有著很大的興趣也似地問。她一手搖著一竿小竹瑟瑟地做響。

「為什麼不是？現在的女子也要革命了。尤其女子要革命呢！我們鄉下的女子該多麼可憐！受丈夫的欺，受公婆的氣，窮人家的女子更要苦……」

毛姑目瞪著她的前面，好像不注意何月素的話，在想著什麼心事的樣子。這時她的豐腴的腮龐使何月素覺得更為紅嫩。忽然她如受了什麼刺動也似的，全身顫動了一下，目視著何月素說道：

「是的，我們窮人家的女子更要苦！何小姐，你生在有錢的富貴人家當然不知道我們的日子……」

何月素連忙打斷毛姑的話頭：

「不，不！我為什麼不知道呢？我很知道。因為我覺得這太不對了，所以我要⋯⋯所以我答應了李先生，在農會擔任婦女部的事情。女人也應當覺悟起來⋯⋯」

話剛說到這裡，一陣鑼鼓的聲音將兩人驚怔住了。兩人靜著耳朵聽了一下，聽著叮噹，哐哧，冬冬的聲音越發近了，接著更聽見嘈雜的人眾的聲音。這是向毛姑的家裡走來了的樣子。兩人為好奇心所鼓動，攜著手走出竹林，來至門前的稻場上，看是一回什麼事。只見一大群的人眾從東南方的大路上，向著毛姑的家裡這方向湧激而來了。聽著他們敲鑼鼓的聲音，好像是在玩龍燈，又好像是在出什麼賽會，但時非正月，有什麼龍燈可玩？又不是什麼節期，有什麼賽會可出？兩人無論如何猜度不出這是一回什麼事來。

人眾越來越近了。兩人漸漸看出他們的面目來。張進德和李杰並著肩走著。他倆的前面有幾個人持著紅的和白的旗子，在後面有些人推著擁著兩個戴高帽子的人，又有些人敲打著鑼鼓。空手的也很多，小孩子要居半數，他們跳著嚷著，就是在玩龍燈的時候也沒有這麼的高興。最後他們來到了稻場，毛姑這時才覺察到了自己的哥哥在做著什麼。王貴才手牽著戴著白色高帽子的白鬚老頭兒，好像牽著牛也似的，臉上興奮得發起紅來。見著自己的妹妹和何月素並肩攜手站著看他們，他便連忙將手中的繩索交與別人，幾步便跑到她倆的面前來了。

「你們在看熱鬧嗎？」王貴才用手略微揩一揩鼻樑上的細汗珠，歡快無比地說道，「嘿嘿！我們今天將張舉人和胡根富拉著遊街，你們看好玩不好玩？胡根富就是胡扒皮，何小姐你知道嗎？張舉人有勢，胡扒皮有錢，平素他們是我們鄉間的霸王，誰個敢惹他們？現在被我們拉著遊街，戴著高帽子，這真痛快呀！」

何月素見著王貴才的身量還沒有他的妹妹那樣高，可是他矮小得甚是結實、伶俐，好像在小小的肉體內有著無限的青春的力也似的。毛姑見著自己的哥哥這般地高興，笑著說道：

「你當心點！張舉人不是好惹的！」

王貴才將小小的眼一楞，說道：

「我怕他什麼！做死他！」

「我看你這東西是發瘋了！你還不趕快給我到屋裡來！」

出乎王貴才的意料之外，有人忽然將他的衣領握著，跟著就要將他拖進屋去。王貴才見是自己含著怒的，手中握著旱煙袋的父親，便拚命地掙扎開來，向群眾中逃跑去了。王榮發氣得踩了幾腳，又向王貴才追來，可是小抖亂攔住了他，笑嘻嘻地說道：

「你老人家這又何必呢？現在應當開心開心才是。來，你看看我們的張舉人！」

小抖亂說著就將王榮發拉到被人眾所圍繞著，百般奚落著的張舉人的面前，老人家想掙扎開來，可是小抖亂的腕力很

強，無論如何掙扎不開。他真是肚皮都氣破了，口中只不住地叫道：「反了！反了！……」小抖亂不管他生氣與否，還是嬉皮笑臉地說道：

「哎喲！你老人家還不知道呢，我們現在真是反了，我看你老人家倒不如加入我們一道造反才是……」

「放屁！」

老人家本預備吐小抖亂一臉吐沫，但是當他瞥見李杰和張進德站在一道的時候，不知為什麼他又不吐了。他不由自主地被眾人推到低著頭不語的張舉人的面前。見著那白紙糊成的高帽，感覺得一種滑稽的意味；見著他那般萎喪的，龍鍾的老態，又不禁深深地動了憐憫的心情。張舉人很畏懼地抬起頭來望了他一眼，這一眼忽然使他回想起來了往事。

那是有一年的冬天。將近年節了。張舉人打發人到王榮發家來買豬，當時言定豬價十五串錢，年內交一半，過年後再交一半。王榮發相信著張舉人家是絕不會不給錢的，卻不料過了年，正月完了又到二月，王榮發還是不見張舉人差人將未給過的豬錢送到。王榮發後來不得已便到張舉人家討索，可是張舉人瞪了他一眼，鼻孔裡哼了一聲，罵道：

「混帳！誰該你的豬錢？當時言明七串半錢，一齊都交給你了，你現在又來胡賴嗎？走出去！不走我就要叫人打你了。」

王榮發只得抱著頭出了張舉人的大門……

事情久已被忘卻了，現在忽然被這時張舉人的一眼刺戟了

一下而回想起來了。於是老人家王榮發便也低下頭來，默不一語。見著他這種神情，小抖亂自然而然地將握著他的手放開了。很奇怪，噪嚷著的人眾一時都寂靜下來。王榮發默默地低著頭站了一會，便回過身來悄悄地走開了。他一走開，這裡又敲打起鑼鼓來，叫喊著，說笑著。

過了一回，隊伍又開始向別的村莊移動了⋯⋯

何月素和毛姑一直等到人眾消逝了影子以後，才回轉頭來重新進到竹林裡去。毛姑默默不語，如有所思也似的，因為低著頭的原故，使得何月素看出她那藏在衣領內的雪白的頸項來。兩人坐下來了之後，毛姑很莊重地說道：

「何小姐！世界現在是恐怕要改變了。這張舉人和胡扒皮在我們這鄉里從前該多麼有勢力，威風，誰個也不敢惹他們。今天我看著他們戴著高帽子，低著頭，一點威風都沒有了，比誰個也要矮了三寸⋯⋯這真個是如我的哥哥所說，我們窮人要翻轉身來嗎？」

「毛姑娘！你哥哥的話一點都不錯！現在是窮人要翻身的時候了。你想想，這世界上為什麼要有窮富的分別呢？為什麼坐著不動的人反來吃好的，穿好的，而成年勞苦的人反來受苦呢？這不是太不公道了嗎？」

何月素說到這裡，不自覺地向著毛姑出了一會神。毛姑也睜著放著清利的光的眼睛向她呆望著。後來何月素開始笑起來了。

「毛姑娘！你也要革命才行！」

「我能革什麼命呢？」毛姑反問她。

「不革命就要受丈夫的氣。」

「喂，何小姐……」

毛姑的臉上即刻泛起濃厚的紅潮來。何月素覺得她更為嫵媚可愛了。就在這個當兒，李杰的影子忽然在何月素的腦海裡湧現出來。也許是由於妒意，何月素從自己的口中不自主地溜出一句話來：

「李先生好不好？」

毛姑羞得昂不起頭來。何月素見著她這種嬌羞的模樣，深覺得自己的話語太過冒昧了。毛姑很久沒有做聲，何月素以為自己莽撞她了，使她生了氣，不禁深為之不安起來。其實這時毛姑的一顆心飛到李杰的身邊去了，忘記了坐在她旁邊的何月素的存在……

三十七

自從這一次的破天荒的遊街示威以後，鄉間的空氣大為改變了。鄉人們在此以前屈服於金錢勢力之下，也就把這種現象當成不可變更的運命的規律，可是從今後他們卻感覺到這金錢勢力並不是神聖不可侵犯的，只要鄉下人自己願意將代表勢力的張舉人和代表金錢的胡根富打倒，那便不會有打不倒的事情。你看，他們倆不是被鄉下人拖著遊街嗎？……

如果李敬齋和何松齋不是聞風先逃跑到城裡去了，那怕也要免不了同一的命運。如果命運這東西是有的，那現在便是土豪劣紳們的命運不佳的時代了。鄉下人的粗糙的手掌是很有力量的，從前這力量未被他們意識到，可是現在他們卻開始伸出這東西來了。在這東西一伸出來了之後，這鄉間的空氣便根本地改變了。

無知識的簡單的毛姑深深地直感到了這一層。本來是一個只知道燒鍋、縫繡、洗衣、種菜、等待著嫁漢子的鄉下的姑娘，現在卻跳進別一種鬥爭、興奮的，為她所覺著是「有道理」的生活。她成為婦女部的幹事了。她跟著何月素到處跑到農民的家庭裡做宣傳的工作了。從前她知道為妻的是要服從丈夫的，可是現在她卻鼓動著吳長興的妻反抗丈夫，卻如男子也

似的，她當面指責吳長興不該虐待自己的老婆。從前是一個很羞怯的姑娘，現在卻能在一般男子的群眾中間，一點都不羞怯地為婦女們的利益辯護著。從前她見著一個男子就要躲避，現在，你瞧，你敢向她說一句調戲的，不莊重的話罷。奇怪，毛姑於最短的期內變成為別一個人了。無論她的父母是怎樣地責罵她，是怎樣地企圖著將她重新拉入先前的安分的生活，可是她總是一點也不為所屈，堅強地走著她自己所認出來的路。

王榮發見著自己的兒女這般的行徑，總是時常無力地慨嘆著說道：

「兒子發了瘋，女兒也發了狂，唉，這倒是什麼世道呵！我的天哪！」

「好好的一個女孩兒家，忽然這樣地一點也不怕羞，唉！……」王榮發的妻也是這樣地慨嘆著。

「這是你生出來的好女兒呵！」王榮發無法可想，這樣埋怨他的老婆，可是他的老婆覺著這種埋怨太無理由了，便也就不服氣地說道：

「這是我一個人的罪過嗎？她不是你的女兒嗎？？哼！來埋怨我！……」

有時老太婆見著自己的丈夫對待她太無理了，不自主地想起女兒向她所說的一些話來。在這時，她是很同情於女兒的行動的。有時她竟向自己的丈夫反抗起來：

「你別要太過分了，老鬼！弄的不好，我告訴你，我也要加

入農會去。我看你能怎麼著我。」

　　老人家一面罵著老太婆不要臉，一面可是也暗擔著心：老太婆真莫不也要發了瘋呵……天曉得現在是什麼世道！兒子發了瘋，女兒發了狂，連老婆也要加入農會去！唉！……

　　兒子和女兒都加入農會了，做著農會的事，因此家內的事就少做了。田中的秧苗漸漸地長高了，農事漸漸地緊張起來了，而王貴才卻發了瘋，天天到關帝廟裡去進什麼學堂，讀什麼書！……這事更將老人家氣得昏了。

　　「豈有此理！我看你讀了書可能當飯吃！」

　　父親的威權在兒女的身上失去了，這使得他深深地悲哀起來。在最近的時日，老婆也要和他反抗了，你說他懊惱不懊惱呢？……有時他把罪過一起推到李杰和何月素的身上，以為他的兒女之所以有如此的行動，都是為他們二人所引誘的。沒有李杰的歸鄉，那王貴才是不會壞的；沒有何月素到過他的家裡來了一次，那毛姑便不會失了女孩兒家的體面。他們兩個簡直是魔鬼呵！鬧翻了一鄉，又鬧翻了他的家！這不是魔鬼是什麼呢？……

　　在最近，何月素很少到他的家裡來，就是毛姑自己也好像忘了家。她和何月素一道在農會裡住著，幫著何月素辦理一切關於婦女的事件。近來這些事件逐漸增多，幾乎使她和何月素忙得沒有閒空。她完全為火一般的工作所燃燒著了，就是有點閒空，她也拿起書本來，咀嚼那不十分容易記憶的字句。有時

她央求著李杰為她解釋一些有興趣的問題。在這一種學習求知的關係上，她的哥哥王貴才遠不及她。不但何月素和李杰驚嘆她的能幹，就是全農會的青年們也莫不懷著敬佩的心情。一般農家的婦女們不待說，更為敬愛她了。

「怕什麼！去找何小姐和毛姑娘去！從前我們有冤無處伸，現在我們可是有伸冤的地方了，到農會去，找何小姐和毛姑娘評評理！……」

一個羞怯的，不知世事的鄉下的姑娘，現在居然變成為保護婦女利益的戰士了。然而毛姑並不意識到自己是一個戰士，只知道這樣才是對的，這樣才是「有道理」。從前她完全受著命運的支配，對於任何事皆不發生疑問。現在她卻知道發問了：「這件事情有道理麼？」如果「有道理」的話，那她便決斷地做去，有時連何月素也要驚訝她的勇敢呢。

有一次，李杰指著何月素的剪了發的頭，笑對著毛姑說道：

「毛姑娘！你的辮子還留著，我看不如也像何同志這樣，剪了去倒方便些。」

李杰說著這話，不過是說說罷了，並不一定要毛姑將辮子剪去，可是毛姑一聽了這話，沉吟了一會，便臉紅了紅，堅決地說道：

「你的話有道理，李先生！我就請何小姐替我剪去……」

毛姑的辮子終於剪去了。在這蔽塞的，不開通的鄉間，女子的剪髮是最不名譽的事情，而毛姑竟不顧一切，將自己從前

所視為神聖的，美麗的，烏雲一般的髮辮剪去了。她的母親見著自己的女兒變成了「尼姑」，曾為之痛哭了一場，而王榮發也為之跺起腳來。

「這，這是什麼世道呵！」

他以為他的女兒真是發了狂了。不然的話，為什麼連頭髮都剪去了呢？而毛姑卻不在意地向她的父母說道：

「這有什麼要緊呢？髮剪掉了不是方便些嗎？媽！我勸你也剪掉罷！每天起來梳頭的確是討厭呵！何小姐說，現在外邊剪髮的女子多著呢。媽！我來替你剪掉罷！」

老太婆聽了女兒的這話，也忘掉哭了，連忙用手將自己的頭髮掩蔽起來，驚駭得張著嘴，半晌說不出話來。

「你敢，你這發了瘋的野丫頭，活了這麼大的年紀，我還要獻醜嗎？我生了你這不要臉的野丫頭……好好的女孩兒家，忽然發了瘋！唉，你拿鏡子照一照，看看你現在到底變成了什麼樣子呵！……」

毛姑娘依舊地微笑著，聽著她的母親的責罵。她知道她的母親太老了，被舊生活所壓伏住了，沒有力量來瞭解她的最親愛的，而這時又為她所氣恨的女兒。

三十八

在老婆帶起斗笠，冒著雨就跑出去了之後，吳長興躊躇著不能決定：跟著她去呢，還是不跟著她去？如果跟著她去，那實在令人生氣，落著這麼大的雨！如果不跟著她去，那天曉得她會做出什麼事來！也許她去投水去了，也許她跑到農會裡向他們說出一些不好聽的，失去他的體面的話……唉！天曉得！老婆也不受他的管束了！……

在不久以前，吳長興還是很堅定地相信著，如果他受了命運的氣而無處可以發泄的時候，那他的老婆便是他的唯一的發泄的對象，因為她是他的老婆，而老婆是要受丈夫的支配的；如果窮困得一無所有，那他的老婆便是他的唯一的所有物，因為她是他的老婆，而老婆就是丈夫的私產。因此，吳長興認定他的老婆是要絕對服從他的，他有絕對處置的權利。關於自己老婆的事，只有自己才能過問，別人是無權干與的。當他初次聽見農會要設婦女部處理一切婦女事情的時候，他就堅決地反對，以為這沒有必要。「農會難道沒有別的事情可做嗎？設什麼婦女部，真是三岔口的地保管得寬！」他想，不料婦女部違反他的意志終於被設立了，而自從設立了之後，便多出許多事情來。他的老婆漸漸地不服從他了。他不能像先前如對於豬狗一

般的打罵她了。今天吳長興又生起氣來了，想在他的老婆身上發洩一下，可是出乎他的意料之外，他的老婆初而抵抗，繼則拿起斗笠來往頭上一戴，不問屋外落著淅瀝的雨，便一溜煙地跑出去了。

「這種受罪的日子有什麼過頭！」她臨行時說道，「我去找何小姐講理去，看看他們怎麼說。黑鬼！狗光棍的跟我一道去。現在我有伸冤的地方了，你別要再發昏了，我老實告訴你。你想，我一定要有你這樣的一個男人才能過活嗎？呸，你錯想了！我再做你的老婆就不是人！……」

吳長興真是悲哀極了！他的唯一的所有物，眼見得也要不是他的了。今天也想農會成立，明天也想農會保護他的利益，可是不料有了農會之後，他的老婆卻也仗著農會的力量，很不恭順地和他反抗起來了。什麼何小姐！什麼毛姑娘！天哪！她們將他的老婆引誘壞了，完全地引誘壞了！這是他希望成立農會的結果嗎？如果農會是專門破壞人家夫妻關係的機關，也就是和他吳長興搗亂的機關，那就打倒你這農會吧！……但是吳長興雖然一方面厭惡農會的多事，可是他究竟不能詛咒農會的存在。農會的確做出許多保護像他這樣窮人利益的事。如在農會成立了之後，這鄉間的窮人好像伸直腰了的樣子，不像先前那般地被懾服了。李大老爺失去了威嚴，張舉人遊了街，胡根富也被罰了款……這一切實在為吳長興所覺得是最痛快不過的。他負了二十多塊錢的高利貸，無論如何沒有還清的希望，

可是有了農會以來，他覺得這並不是可怕的事了。農會曾宣布過一切高利貸都算作無效，窮人可以不還債了……這麼一來，吳長興可以不必再為著所負的債而焦慮了。是的，農會是保護他的利益的，同時他應當也保護農會！在活捉著胡小扒皮的那一夜裡，吳長興曾出過死力；他覺著保護農會是他應有的義務。但是……天曉得！……農會只顧和李敬齋、張舉人、胡根富……鬥爭也就罷了，為什麼要問及婦女的事情呢？為什麼要設立了一個什麼鬼婦女部，教一個什麼黃毛丫頭做部長，把他的老婆引誘壞了呢？

見著老婆氣憤地跑出門了之後，吳長興躊躇一會，也就戴上斗笠，披起蓑衣，赤著腳追上去了。走了幾步，他才想起來了屋門沒有上鎖，可是他想起屋內沒有什麼東西值得偷的，又加之是落雨的天氣，諒也不會有什麼偷兒來光照他，便也就放下心了。在泥濘的路上，適才老婆的腳印還可以被認出來，他順著這種腳印追去。他和他的老婆一樣，也是滿肚子懷著氣憤，但是不知為什麼，他走得越離關帝廟越近，他的氣憤的火焰越被一種畏怯的冷雨所壓低了。走到關帝廟門前的時候，他努力加了十分的勇氣，方能跨過適才為他的老婆所跨過的門限。

在雨聲中，廟內顯得比平時要靜寂些。大殿上有幾個人圍著桌子鬥牌，他們好像沒注意到吳長興的到來。吳長興立著不動，靜聽一下東西廂房內有什麼動靜，接著他便聽出由李杰的房內傳出來一種聲音了。

「進德弟！你不能這樣說！那黑鬼待我是怎樣地不好，你是親眼看見過的。我無論怎樣不願意再做他的老婆了！我情願討飯，我情願……這農會不是要人燒飯吃嗎？我來燒飯……」

這是吳長興老婆的聲音。「乖乖，她真不要我了嗎？」他這樣想著，一面氣憤，一面又擔起心來。他雖然不愛他的老婆（其實他自己也不知道他愛老婆呢還是不愛），可是他無論如何不願意他的老婆真個要和他離開。

「張同志！你是吳長興的表弟，應當勸勸他才是，這樣對待妻子是不行的。」這是何月素的聲音。吳長興聽了這話，不由得十分地擔起心來，尖起耳朵來聽著張進德的回話。張進德沒有即刻回答她，半晌方才聽著說道：

「何同志你不曉得。這吳長興雖然是一個好人，可是蠻得要命，就是勸也很難勸得好。我不是沒有勸過他，無奈這傢伙和蠢牛一樣……」

「我看這樣，吳大嫂不如爽快和那黑鬼離婚罷！有什麼要緊！像這樣天天吵罵有什麼意思呢？不如離開的好。真的，吳大嫂可以來替我們燒飯吃。」

吳長興最後聽見毛姑的這一番話，禁不住發起火來，心中暗自罵道：「你這不要臉的黃毛丫頭！我和你有什麼仇恨，硬要慫惥著我的老婆和我離婚呢？媽的！……」他於是也不再聽下去了，便氣沖沖地跑到李杰的房間裡來了。他連斗笠和蓑衣都忘記了脫下，這種水公雞的模樣的突然的出現，使得房間裡坐的

人們都驚愕起來了。老婆坐在門背後，他初進時沒注意到；見著並著肩和何月素坐在床上的毛姑，禁不住用手指著罵道：

「你這黃毛丫頭！我和你有什麼仇恨，你這樣和我做對呢？我挖了你的祖墳不成……」

毛姑見著吳長興這種兇殘的神氣，不禁駭得張開嘴，向何月素的背後躲藏起來，生怕吳長興要吃了她也似的。張進德立起身來，一把把吳長興尚未脫去蓑衣的肩頭握著，兩眼射出令人可畏的炯炯的光來，嚴厲地說道：

「你，你發了瘋嗎？你自己待你的老婆不好，還怪別人嗎？為什麼你受了人家的欺負就要反抗，你的老婆受了你的欺負就不能反抗你呢？這是什麼道理，你說！你說！」

在這一瞬間，張進德的神氣的確是可怕的，眾人都感覺到，如果吳長興說出一個不恭順的字來，那張進德的如鐵錘一般的拳頭，便會落到他的身上。只見吳長興始而驚異，彷彿不知發生了什麼事也似的，繼而慢慢低下頭來，表現出屈服的樣子，默默地不做一點兒聲響。張進德見著吳長興取消了頑強的態度，也就將自己的態度緩和下來了。

「我老實對你說，」張進德停了一會說道，「像荷姐這樣的老婆，你是再找也找不到的。你別要再發昏了！從今後應當好好對待她，如果我們再知道你對她撒野，那就請你當心點，不要再怪我們了。」

「荷姐！」他回過臉來向吳長興的老婆很柔和地說道，「你同

他回家去罷，今天這是最後的一次。如果他還不改過的話，荷姐，請你放心，一切都有我們。」

吳長興的老婆聽了張進德這話，不禁向立著不動的她的丈夫瞟了幾眼，表示出一種得意的勝利的神情。她立起身來又重新靜靜地向她的丈夫望了一回，好像期待著吳長興和她同陣回家也似的，但是吳長興依舊低著頭立著不動。她彎腰將放在門後的斗笠拿起來，向眾人很感激地望了一下，沒有說出什麼話來，便先自走出房門去了。在她離開了之後，約摸有兩分鐘的光景，吳長興抬起頭來向張進德望了一眼，預備開口說出什麼話來，可是不知為什麼他又重新將頭低下，回過身來，靜悄悄地，一步一步地走出房門去了。地下遺留了他的潮濕的腳印。

雨依舊淅瀝地下著。在靜寂的房間的空氣裡，過了半晌，忽然蕩漾著毛姑的活潑而脆嫩的笑聲。

「哎喲！他可嚇死我了！好像要把我吃掉了的樣子……」

三十九

「我好久不寫日記了。在緊張的生活中，我沒有閒空拿筆，其實我也忘記掉了拿筆。鎮日裡說著，跑著，思想著，焦急著，活活地為工作所吞食了，我哪裡還能想到寫日記呢？白日裡忙著，夜晚間我更深深地進入夢鄉了。我的生活從來沒有這樣地緊張過……可是我並不覺得艱苦。反之，我從來沒有覺著過生活像現在這樣地有興趣。從前當小姐以至於當學生的時候，不錯，那種生活是安逸的，然而若與現在比較起來，那我寧願這樣艱苦地，然而同時興奮地，有趣地生活下去。我覺得我現在才發現了我自己，才是真正地在生活著……」

「夜已深了。在平素的時候，我這時應當睡去了。可是不知為什麼，腦海裡翻了一下無名的波浪，神經便興奮得不能安靜下去。怪事！討厭極了！明天一清早就要去找李木匠的老婆有事，而我卻於這樣夜深的辰光，還不睡覺，還在提筆寫什麼不必要的鬼日記！但是我又覺得非寫下去不可……反正是不想睡，不如寫下去罷。雖然無益，可是也沒有什麼害處。」

「毛姑現在是在睡興正濃的時候。在燈光的底下，我見著她睡後的姿態倒比在白天裡更為嬌豔，更為可愛起來。她很疲倦地臉向著外邊躺著，蓬鬆著的短髮將她的眼睛遮去了一隻。

純潔的，無辜的，孩子式的微笑，時常在她那睡後的面容上波蕩著，好像她在做著一種什麼只有小孩子才能做出的那樣有趣的，愉快的夢，未穿著睡衣的精赤的雪白的手臂露在被的外邊，如果我不怕要會失去她那睡後的美麗的姿態，那我便要把她放到被裡去，因為今夜是有點寒冷呵……」

「好一個純樸、可愛的，同時又是勇敢的姑娘！從前我不曾想到在鄉間，在我們這樣鄙陋的鄉間，會有這般可愛的農女，因此，當我知道李杰因為一個什麼簡單的農女而拒絕了我的時候，我禁不住笑李杰的愚蠢。可是現在我知道了，李杰為什麼愛上了毛姑的姐姐，現在又為什麼愛上了在這夜深時為我所賞鑒著的睡後的毛姑。如果我是一個男子，那我也是會愛上她的呵！不錯，李杰並不愚蠢呵……」

「但是在別一方面，我總覺著我如受了什麼侮辱也似的……無論我是怎樣地有自信，怎樣地沒把自己個人的幸福看得貴重，怎樣地對於李杰不懷著超過同志以上的感情，但是每一當我覺察到李杰向毛姑射著情愛的眼光的時候，我總不能把持著我這一顆心不為嫉妒所刺動起來。例如昨天我正和一個訴苦的農婦談話，我的心是被這農婦的不幸的命運所占據住了，可是當我一見到立在旁邊的毛姑向走進來的李杰展著情愛的微笑，而李杰也以此報答之的時候，我忽然覺得失去了一件什麼重要的東西，一瞬間為悲哀所籠罩著了。唉，我竟失去了自主的能力！如果這樣地繼續下去，那結果是怎樣的呢？唉，我的天

哪，你救一救我！……」

「現在，我想，這樣繼續下去是絕對不可以的。李杰愛上了毛姑，毛姑是值得他愛的，而且毛姑眼見得也是愛上了他……兩個人互相愛戀，這於我第三者有什麼關係？而且李杰認識毛姑在我之前，而且這戀愛是李杰的自由……我有什麼權利來……哎喲，我在『吃醋』嗎？……何月素呵！你應當知道這是很醜很醜的事情呵！你問一問你自己，你真的不怕難為情嗎？哎喲，天曉得！……無論如何，今後何月素要和『吃醋』這東西離開呵！」

「說起來，我無異是毛姑的先生。我教她識字，我灌輸她的知識……在這短短的期內，我可以說，我把她養成一個很有能為的女子了。如果我不來這農會裡辦事，那她恐怕不會有現在樣子罷？呵，我的親愛的學生！我的唯一的工作上的幫手！然而她是我的情敵；我在培養我的情敵，使她更能博得李杰的歡心……呵，活見鬼！我此刻又在『吃醋』了！不，何月素！你應當永遠忘記這件事情！在愛情的關係上，眼見得你是要受失敗的命運所支配了。雖然你是在愛著李杰，然而你應當知道，李杰的一顆心久已牢牢地系在別一個人的身上了。而且，你問一問自己，你真好意思和你親愛的學生『吃醋』嗎？你要知道，毛姑對於你的重要，不是因為她是你的情敵，而是因為她是你的學生，你的唯一的幫手。工作是高於一切的，月素呵！……」

「在奮鬥的工作中，我覺得我是異常幸福的。如果矜誇不完

全是罪惡的話，那我現在實在有可以矜誇的地方了。你看，我們的工作不是最偉大的事業嗎？你看，這鄉間的農婦的悲苦的命運，不是經我一努力，而使得她們有了一點光明的希望嗎？幾千年的陳腐的舊社會根基，現在是在被我們所搖動了。這當然不是一件輕易的小事。這當然不是小姐們繡花的玩意兒。被命運所屈服著的鄉下人，現在居然起來做解放自身的鬥爭了，而在這一種鬥爭之中，我很幸運地充了一員戰士。我矜誇我自己不是什麼閨閣的小姐，不是什麼跳舞唱歌的女學生，而是一員戰士！」

「我的叔父他是不會明白我的。我這一次的『無禮行動』，不名譽的『私逃』，大概要使他憤恨得踩壞了腳跟，罵破了喉嚨。聽說他和李杰的父親，在陰謀破露了以後，都駭得跑到縣城裡去了。一個生了像李杰這樣不孝的兒子，一個有了像我這樣不知羞的侄女兒，哈哈！真是無獨有偶了。在我們的這一鄉中，這故事將會傳到許多年以後。李杰和何月素兩個人的名字，將在人們的口中聯結在一起，缺憾的是李杰的愛人不是何月素，而是另外的一個……」

「寫到這裡，床上的毛姑忽然吱咕出兩句不明白的囈語來。她的頭部往後仰了一點，令我覺得她的那姿態更為小孩子式的，純潔的，可愛的……我禁不住彎下身來，在她的腮龐上輕輕地吻了一下。我是在愛著她呵！……」

「我也應當上床睡覺了。明天有許多事要做。愛情不是最偉

大的，也不是最重要的。最偉大的，而且是最重要的，只有工作，工作，工作呵……」

四十

　　蒼茫的暮靄籠罩了東山。剛落土未久的夕陽，還未即將屋頂和樹梢的餘輝完全收去。晚風蕩漾著層層的秧苗的碧浪，這時如人在田埂間行走，要宛然覺得如在溫和的海水裡沐浴一般，有不可言喻的輕鬆愉快，在歸途中的牧童晚歌，雖然那聲音是單調、原始的，然而傳到你的耳膜裡，會使你發生一種恬靜的，同時又是很美麗的感覺。傍晚的鄉間景象，有一種特殊的意味，這意味為何月素近來所深深地領略到了。

　　在往昔，何月素是不敢單身在這寂靜的田野間行走的，可是近來因為要和農婦們往來的原故，有時不得已遲至天黑了才能歸來。這樣一次，兩次，她便成為習慣了。又加之她感覺到在傍晚間一個人在田野間行走的趣味，有時即使有人要送她，她也是要拒絕的。

　　今天在一個農村中，何月素召集了一個農婦的會議。在會議上並沒討論什麼問題。那只是農婦們向何月素發了許多可笑的，又是簡單又是複雜的，然而不能說那不是些有趣的問題。例如：「我的婆婆待我很不好，怎樣辦？」、「我的丈夫在外邊瞎鬧，姘女人，怎麼樣才能使他回轉心來？」、「革命軍裡有女兵，是不是？」、「女學生念什麼樣書？女學生可以自由找男人，是不

是？」、「女人也要革命嗎？」⋯⋯對於她，有知識的何月素，這些都似乎是可笑、愚蠢的問題，可是她卻並不因此而不為她們做詳細的解釋。被陳腐的舊生活所深深地壓服住的她們，現在也在開始求知，開始感覺到有另尋別一種生活的形式的必要了。而她，何月素，應當將自己的力量貢獻於這種光明的開始⋯⋯

疲倦了的身軀要求著輕鬆的休息。走至東山腳下的時候，天色雖已晚了，可是何月素並不以此為慮，揀了一塊草地坐下，想借此將疲倦了的身軀略微休息一下。輕柔的暮春晚風，拂到她的面孔上，使她生了一種輕鬆的愉快感覺，很快地就把她的疲倦驅散了。一面意味著眼前的晚景，一面回憶著會議上的情景，在她的面容上不禁舒展著很悠然自得的微笑。

忽然她看見在她適才所走過的路上，有一個踉蹌的人影向她這兒移動。只見他好像吃醉了酒也似的東倒西歪地不能把定腳步。他一面走著，一面斷續地唱著不合乎音節的山歌：

心肝肉來小姣姣，

問聲我郎你可好？

郎不來時我心焦，

郎既來時我心惱，

罵聲小郎你將小儂忘記了。

心肝肉來小姣姣，

叫聲乖姐聽根苗：

我不來時你心焦，

我既來時你又惱，

你端的為的是哪一條？……

這歌聲引起了何月素的不快的感覺。當她要立起身來的時候，那人已走至面前了。這時何月素才認出他是劉二麻子。平素她是很嘉獎劉二麻子的，說他很忠實，很勇敢，但是此刻不知為什麼，她一見到劉二麻子向她射著為醉鬼所特有的眼光，即感覺到有一種什麼可怕的災禍快要臨到她的頭上也似的。她預備即速地離開劉二麻子，可是當她要開始走動的時候，劉二麻子一把將她的肩頭抓住了，她掙扎幾下，卒沒有掙扎得開來。兇殘的充滿著熱欲的眼光，令人難耐的酒氣，使得何月素覺著自己是陷落到惡魔的手裡去了，不禁全身顫慄起來。在意外的驚駭之中，她連叫喊呼救的事都忘記了，劉二麻子真如惡魔一般，一言不發，一下將失去反抗力的何月素的身軀擁抱起來，即刻就企圖著解開她的衣服。巨大的恐怖和絕望，忽然使得何月素拚命地喊叫起來：

「救命呵！救命呵！……」

但是劉二麻子仍繼續進行下去，不把何月素放開。何月素雖然用盡全力掙扎，但是如在鷹爪下的小雞一般，終於無法逃脫。不料正在危急萬狀的當兒，忽然有人跑上前來，在劉二麻子的背上痛擊了幾拳，這使得他即刻將何月素放開了。何月素在驚喜過甚之際，還未曾很明晰地看出來救她的是什麼人的時

候，又聽見一種痛罵的聲音：

「你這該死的麻皮！你這連禽獸還不如的東西！何先生是我們什麼人，你敢這樣地無禮！你這該死的麻皮……」

接著劉二麻子便被來人掀翻倒在地下，如死去了的老虎一般，躺著動也不一動。只見那人騎到劉二麻子的背上，那拳頭如鐵錘一般地打下，只打得劉二麻子發哼，但絕不企圖抵抗。這時遠遠立著的何月素，才認識出這來救她的人是張進德。從這時起，她不僅佩服張進德的勇敢、果斷，而並且對他懷著一種極深切的感激的心情了。

「張同志！」何月素覺著劉二麻子所受的懲罰已經夠了，便遠遠地止住張進德道，「算了罷，不必再打他了。他大概是吃醉了酒……」

張進德聽了這話，即刻停住了拳頭不打了。他立起身來以後，憤憤地向著躺在地下呻吟著的劉二麻子厲聲說道：

「如果你再敢這樣地胡為，我就把你打死！你這該死的麻皮……」

夜的黑幕已經展開了。兩人離開了躺在地下的劉二麻子，靜悄悄地向著關帝廟走來。何月素在途中企圖著將感激的心情向張進德吐露出來，但不知為什麼，她終於沒說出隻字。張進德跟在她的後邊，默默地也毫不做一點兒聲響。不過他的一顆心兒，這時有點異樣地跳動起來。他覺著他臉上是在泛著紅潮了。「我難道對她也動了心嗎？……」他想。在前面走著的何月

　　素的步聲，他覺得那是合乎他的心的跳動的拍奏的……

　　他抬頭一看，那天上顆顆的星兒向他展著微笑。

四十一

　　關於昨晚在東山腳下劉二麻子向何月素所施行的野蠻的舉動，除開當事人而外，誰個也不知道。何月素自己緘默著不語。張進德也不曾向任何人提出一個字來。一切都似乎還仍舊。但是張進德對於何月素的態度卻有點和先前不一樣了。他先前很喜歡和何月素說話，那態度是很自然、親熱的，除開同志的關係而外，不會使得何月素發生別的感覺。可是從昨晚的事情發生之後，張進德卻很奇怪地把持著自己，不大與何月素說話了。就是在說話的時候，他也企圖著避免何月素的眼光，因此，那態度就有點不自然而生疏起來。他自己也很驚異他忽然有了這樣的變化。「奇怪！……」他想。但是他無論怎麼樣地勉力，總不能恢復那先前的態度來。

　　「你是怎麼一回事呵，張進德！」他終於這樣責罵著自己說道，「你發了瘋了嗎？你配愛人家嗎？你是一個礦工，而她究竟是小姐；你是一個黑漢，而她是一個女學生……你也配生了這種心事嗎？她在愛著李杰呢……你，你這癩蛤蟆想吃天鵝肉……」

　　但是他雖然這樣很嚴厲地責罰自己，可是苦惱著他的，是他終於沒力量和這種「愛」的感覺奮鬥起來。本來在愛情上不懷

著希望，生了三十二歲也就從來沒嘗受過愛情滋味的他，現在忽然為愛情所苦惱著了。雖然他的個性很強，雖然他很能把持著自己，但是愛情這東西是不可思議的，無論你是怎樣的英雄好漢，都難以逃出它的支配。他一方面意識到他對於何月素的愛情是無實現的可能，但在別一方面他卻不能把自己一顆跳動著的心兒平靜下來。

他所能做得到的，只是避免和何月素接觸，避免她的眼光……這當然不是最好的方法，然除此而外，他又有什麼別的出路呢？何月素雖然開始感覺到張進德對她的態度有點異樣了，但不明白這是因為什麼，有時竟有點煩悶起來。「他為什麼和我生疏起來了呢？」她想。張進德的為人是為她所信任的，可是她絕不曾想到張進德會愛上了她這麼一回事。昨晚她在東山腳下受了意外的襲擊，而張進德適逢其會援救了她，那只是增加她對於張進德的感激而已。她本來要尋著什麼機會向張進德吐露出自己的感激的心情，可是一當她看見他那嚴肅的面孔為著一層憂鬱的薄雲所籠罩著，而且企圖著避免她的眼光的時候，不禁要懷疑地想道，「這是怎麼一回事呀，啊？我得罪他了嗎？……」

昨晚的意外的襲擊，使得何月素也感覺到精神上的損傷了，一時恢復不轉來。對於還是處女的她，這襲擊對於她的精神上的影響是太巨大了。如果不是張進德的出現，那她簡直想像不到那結果是怎樣地可怕。也就因此，何月素異常地感激她

的救主，無論如何，也要向張進德表示一下。張進德的生疏的態度苦悶了她，可是她素來是好尋根問底的，見著張進德對於她的態度有了異樣，她決意直接問明他是怎麼一回事。

她走進張進德的臥房去了。不料這時李杰正和他商議著關於如何減租的事。兩道濃眉緊蹙著，正在集中思想的張進德，見著何月素走進房來，忽然很不安地，如犯了什麼罪過被人捉住了也似地紅起臉來了。李杰沒覺察到張進德的神情有了變化，只立起身來請何月素坐下，笑著說道：

「你來了恰好。我們有一個問題不能解決。我們對於減租的問題怎麼辦呢？照政府的公布，那是減百分之二十五，可是我想，這未免減得太少了。頂好是乾脆，農民們一個租也不繳。為什麼要農民把自己所苦挖苦累的東西送給地主呢？張進德同志說，這問題要好好地商量商量，我看沒有多商量的必要。何同志，依你的意見怎麼樣？」

「依我的意見嗎？」

何月素一面望著不知何故紅了臉的張進德，一面思索了一會，很堅決地說道：

「我的意見和你的一樣。我們說的是土地革命，為什麼還說到租不租呢？張同志你到底是怎樣地主張？會長先生？」她說出最後的一句話之後，抿著嘴向低著頭不做聲的張進德笑起來了。張進德半晌不回答何月素的話，好像沒聽見也似的，後來他忽然抬起頭來，恢復了他平素的果敢的態度，很沉重地說道：

「現在我的意見也和你們兩個人的一樣。」

「好，那我們明天就貼出布告來。」李杰很滿意地這樣說。他瞇著兩眼，笑嘻嘻地望著窗外，一邊用手指頭叩著桌面，如在幻想著什麼得意的事也似的。忽然他回過臉來向著張進德問道：

「劉二麻子為什麼現在還不見影子呢？我們的交通總長忘記了他自己的職務嗎？他應當到城裡去買寫告示的紙，而且我有一封信寫給省裡總會去的，也要他到城裡去寄……」

李杰說到此地停住不說了。他很驚異地望著張進德和何月素改變了的神情。張進德低下眼睛俯視著桌面，表現出十分侷促的樣子，而何月素偏過頭去，那紅漲了的臉部還可被李杰看著一半。好像他們二人之間有什麼祕密，這時被無意的李杰的話語所揭露了也似的，這逼得李杰覺得自己也好生不安起來。他暗自想道，「這是怎麼一回事呢？我並沒說出什麼不好的話呀！怪事！……」由這一種思想，他也沒有勇氣再繼續往下說去了。這時房間的空氣頓時沉默得令人難耐，尤其令李杰感覺得難過，不知如何才能脫去這種快要悶死人的境界。

出乎他的意料之外，忽然房門一開，劉二麻子紅著臉，很倉皇地跑進來了。只見劉二麻子噗通一聲，在張進德的面前跪下了，這眼見得也弄得張進德莫名其妙地嚇了一跳，何月素回過臉來，見是劉二麻子跪在張進德的面前，臉孔更加紅漲起來，很厭惡地瞅了一眼，即刻就立起身來走出房門去了。

「你，你是怎麼一回事？」張進德很驚異地問。

「請你打死我這不要臉的東西罷！唉，我這不成形的人……進德哥！你把我打死罷，打死我也不冤枉……我做出這種事來……我，我懊悔也來不及了……」

劉二麻子忽然伏著張進德的膝頭哭泣起來了。張進德將眉頭一蹙，半晌沒有做聲。在他的臉上逐漸露出一種憐憫的神情了。開始用手撫摸著劉二麻子的光頭……

「你昨晚難道發了瘋不成？」張進德後來這樣責備他，但在低微的聲音裡只有憐憫而無厭恨了。「究竟是一回什麼事呵，你說！」

「我，我吃醉了酒……我……發了昏……」

劉二麻子還是伏著張進德的膝頭哭泣，彷彿小孩子受了什麼冤枉，在他的母親面前訴苦的模樣。李杰到現在還是不明白是什麼一回事。只見張進德更將聲音放友愛一點，撫摸著劉二麻子因哭泣而稍微有點擺動的光頭，如母親教訓小孩子一般地說道：

「只要你下次不這樣了，我想何先生是一定不會怪你的。此後好好地做事要緊。老婆是可以找得到的……起來罷……李先生在這裡，他要叫你到城裡買東西去呢？……」

四十二

這鄉間的空氣還依舊，可是這鄉間以外，在縣城裡，在省城裡，在政府建都的所在，近來似乎在醞釀著什麼可怕的，一時尚難以想像的事變……

李杰經常地讀著由省城裡寄來的書報、通告、書信，雖然不能在這其間尋出一個確定的線索，可是那些隱隱約約的語句，偶爾不十分清晰的暗示，在在都足以逼令李杰感覺著，就是在普遍的緊張的革命的空氣的內裡，正在醞釀著要爆裂的××的炸彈，這炸彈雖然一時不能被指出在什麼地方，然而如果一朝爆裂了，那是有可怕的結果的。李杰深深地感覺到這個不可避免的事變，雖然不能用明顯的語句將這種感覺表示出來，可是他近來卻為著這種感覺所苦悶著了。

在他初進到革命軍裡工作的時候，他也和別的人一樣，為革命這醇酒所沉醉著了。他曾相信這軍隊以及這軍隊的指揮者，也和他一樣，是革命的主力，是光明的創造者。可是他後來漸漸熟悉了軍隊中的情形，漸漸認識了所謂「革命的大人物」的面目，不禁逐漸地失望起來。「這樣的人能夠革命嗎？如果這是革命，那麼這革命是為著誰個所需要的呢？它的結果是怎樣？……」他總是這樣暗自想著，他的不滿意和懷疑也就因此深

深地增加了。

那時，同志們說他害了「左傾幼稚病」，說他過於擔心……他自然不願意承受這種樂觀的意見，但是他不能很確定地證明他所懷疑的對象，於是在那時他便也沒有很堅強的反駁。但是他本能地感覺到「這些人講革命是靠不住的」，終於請求回到自己的故鄉來，實地進入鄉下人的隊伍裡……他相信這是根本的工作，如果他要幹革命的話，那便要從這裡開始才是。

現在，他回到鄉里已兩個多月了。在這兩個多月的時間中，他相信自己有了相當的成績。無數的年月被舊的陳腐生活鎖鏈所捆縛著的鄉間，現在居然由他和同志們的努力改換了一副新面目了。在這鄉間，土豪劣紳們失去了勢力，鄉人們開始意識到有走上新生活的道路的必要。這當然不是小事，這是自有人類歷史以來的一種非常現象啊！但是這鄉間究竟是一個很微小的區域，在這裡他究竟很難建造出一個理想共和國來，如果在這鄉間以外的地方，在縣城裡，在省城裡，在京都裡，統治著××的勢力。李杰感覺著這種××的勢力蒙著一種面幕，逐漸地在暗裡膨脹著，說不定今天或是明天，那可怕的面目就會呈露出來。那時倒怎麼辦呢？……如果李杰感覺到在這一鄉間的範圍內，他是有力量的，可是當他想到這範圍以外的時候，那他便要感覺到自己的微弱了。

他深深地為著這種感覺所苦悶著。有沒有將自己的這種感覺告訴其他同志的必要？誰個也不會明白他。樂觀的，正在興

奮著的何月素，是不會相信他的話的。她一定要反駁他，「不，這是不會發生的事情！」至於毛姑、王貴才、劉二麻子、癩痢頭……那是更不會明了他的話的。有一次他曾向張進德略略提及一下，可是張進德很不在意地說道：

「管他呢！到什麼時候說什麼話。」

誰個也不會明白他的焦慮！天曉得！……

今天，他接到他的朋友從省城裡寄來的一封信。不知為什麼，在未將信封拆開以前，他就好像預感到那信裡面有著什麼不好的消息。他的預感竟證實了。他的朋友向他報告「馬日的事變」……××的勢力抬起頭來了……政局正在變動……大部分的所謂「領袖」右傾……

這對於李杰並不是意外的晴天霹靂，他早已預感到了。不過當他的預感被這封信證實了的一瞬間，他的一顆心不禁陡然劇烈地跳動起來！「嗯哈！這些帶假面具的魔鬼到底要露出自己的真面目來呀！」他想。但是今後應當怎麼辦呢？革命就此算完結了嗎？光明究竟沒有實現的希望嗎？不，這是不會的罷？……

他將信的內容首先告訴了何月素。這時何月素正在為毛姑解釋「階級……專政……資本主義……」的意義，毛姑聽得出神，她也說得高興。她翕張著小嘴，活動著兩隻圓圓的眼睛，有時還擺動著白嫩的小手。李杰走進房內，她並沒有覺察到，倒是頭偏伏在桌上靜聽著的毛姑先看見他了。

「你說得這樣高興，可是你可知道在省城裡發生了什麼事情嗎？」

李杰說著這話，即將手中的信遞給她了。她看見李杰這樣憂鬱的，失望的神情，驚怔了好一會，沒有說出什麼話來。李杰見她將信越讀下去，越將眼睛睜得圓了，臉上也越漸蒼白起來。將信讀完了的時候，她的眼睛充滿著氣憤與懷疑，聲音顫顫地向著李杰說道：

「這，這是真的嗎？豈有此理！……」

李杰沒有做聲。毛姑莫名其妙，只驚異地望著他們兩人，想開口又沒有開口。信紙從何月素的手中落到地上了。她一瞬間如中魔也似的，眼睛筆直地向落下的信紙望著，一點也不移動。停了一會，她口中輕輕地唧咕出幾句話來：

「這樣革命革得好……這才真是革命呢……」

「什麼一回事？」

突然的剛走進來的張進德的聲音，將發了痴的何月素的狀態驚醒了。她重新彎起腰來拾起那落在地上的信紙。

「什麼一回事？」

張進德又重複了一遍，何月素立起身來，手中持著拾起來的信紙，如考驗也似地向張進德望了一會，說道：

「什麼一回事……事情是很糟糕了，我告訴你。」

於是張進德聽著何月素的述說了……

在張進德的臉上始而為氣憤的火所燃燒著了，即時紅漲起

來。繼而憂鬱的雲漸漸地展布開了。他低下頭來，默然不發一點兒聲響。眾人的眼光都集中到他的身上，房間內一時寂然。出乎意料之外，他忽然伸出巨大的拳頭向著桌面上狠狠地擊了一下，放出很堅決的聲音，說道：

　　「媽的，管他呢！我們幹我們的！只要我們還有一口氣，就應當勇敢地幹下去！……」

四十三

李敬齋什麼也沒有明白。自己的親生兒子號召著農民反對他的父親；許多年馴服的，任著田東家如何處置就如何的佃戶，和奴隸差不多的佃戶，現在忽然向他們的主人反抗起來了；他，李敬齋，本是一鄉間的統治者，最有名望的紳士，現在忽然被逼得逃亡出來，匿居在這縣城裡的一家親戚家裡……這究竟是怎麼一回事呢？難道就這樣地翻了天嗎？兒子反對父親！佃戶反對地主！這是歷古以來未有的奇聞，而他，李敬齋，現在居然身臨其境。眼見得於今的世道真個是變了。唉，這該是怎樣的世道啊！……

自從陰謀破露了，張舉人被拖著遊街以後，李敬齋即和著何松齋先後逃亡到縣城裡來了。在縣城裡也被如李杰一般的人們統治著，「打倒土豪劣紳」的標語到處貼得皆是，這所能給與他和何松齋的，只是增加他們的失望的心情。難道世界就從此變了嗎？李敬齋有時不免陷到絕望的深淵裡，但是何松齋卻比他樂觀些，不相信這樣的現象會延長下去。

「等著罷，敬翁！」何松齋有一次躺在鴉片煙床上，在癮過足了以後，很有自信地說道，「這樣是不會長久下去的。在一部二十四史上，你曾看過有這種事嗎？打倒土豪劣紳……哼哼，

笑話！社會上的秩序沒有我們還能行嗎？流氓地痞可以成事，這些黃口孺子可以幹出大事來，國家的事情可以由他們弄好，笑話！敬翁，你等著，我們不久就會看著他們倒下去。」

李敬齋雖然充滿著滿腹的疑惑，但也只好等著，等著……逃亡到縣城裡已兩個多月了，然而還沒等到著什麼。在別一方面，從鄉間傳來的消息：農會逐漸地發展起來，而他的兒子，這個叛逆不孝的李杰，越發為一般農民所仰戴了……「等著罷，你這個小東西！你的老子總有一天叫你認得他！」李敬齋時常這樣暗自切齒罵他的兒子，但是他的兒子究竟會不會「認得他」呢，他想，這也許是一個問題。

終日和鴉片煙槍為伍，李敬齋很少有出門的時候。街道上的景象令他太討厭了。掛皮帶子的武裝同志，紅的和白的標語「打倒……」「擁護……」他一見著就生氣。為著避免這個，他想道，頂好是藏在屋裡不出去。何松齋時常來看望他，順便向他報告一些外面的消息。他有時見著何松齋進來了，強裝著笑容問道：

「啊，何老先生！令侄女現在工作如何？婦女部很有發展嗎？」

何松齋也就勉強裝出像煞有介事的樣子，撇著幾根疏朗的鬍子，笑著答道：

「承敬翁見問，舍侄女近況甚佳。婦女部的工作甚有發展，凡吾鄉婦女不服從丈夫與父母者，皆舍侄女之功也。不過舍侄

女雖然對於工作甚為努力，然一與令郎相較，則愧對遠矣。」

「不敢，不敢。松翁請勿過譽。」

這樣說罷，兩人便含著淚齊聲苦笑起來了。在一陣苦笑之後，兩人復又垂頭嘆息起來，這樣的日子究竟是難過的啊！……

等待著，等待著……

從省城裡傳來了政變的消息。原有的縣城裡的軍隊開拔走了。縣知事也更換了。開來一排新的軍隊……接著街上的標語便都被撕去了。換了別一種的緊張著的，然而又是苦悶著的空氣……

聰明的何松齋即刻感覺到是一回什麼事了。他的蹙著的眉頭舒展開了。幾根疏朗的鬍子撇得更為翹了。在打聽得了確實的消息以後，他全身的血液為著歡欣所沸騰起來了，即刻跑到李敬齋的寓處，報告為他們所等待著的「佳音」。

被鴉片煙麻木了的李敬齋，起初沒有明白是一回什麼事。後來他明白了這消息的意義，不禁將銜在口中的煙管一丟，一骨碌兒爬起身來，如蒙了巨大的皇恩也似的，說道：

「真的嗎？哈哈，我們終於等著了！」

「現在我們可以請令郎休息一下了。」何松齋一面撇著仁丹式的鬍子，一面射著奸險的眼光，這樣得意地笑著說。李敬齋便也當仁不讓，接著打趣他道：

「小兒無能，何必言及？唯令侄女對於婦女部工作甚為努力，一旦將工作拋棄，豈不要令為丈夫與父母者可惜乎？」

　　兩人又笑起來了。可是這一次的笑是真笑，是得意的，勝利的笑了。在許多時逃亡的苦悶的生活中，兩人又開始感覺到自己的優越了。「社會上的秩序沒有我們還能行嗎？黃口孺子可以成事嗎？打倒土豪劣紳？請你慢一點，哈哈！……」何松齋想起自己的話來，不禁更確信自己的見識的遠大了。

　　「請好好地吸一口罷，松翁！」李敬齋說著這話時，那一種神情好像表示對於何松齋的感激也似的。何松齋毫不客氣地便躺下了。兩人相對著吞雲吐霧起來。在不大明亮的，如鬼火一般的昏黃的煙燈光中，兩人黃色的面孔上都蕩漾著滿意的微笑的波紋。「世界究竟是我們的……」在這一種確定的意識之中，兩人很恬靜地為黑酣鄉的夢所征服了。

四十四

在晴天裡忽然打下來一個震人的霹靂！正在歡欣著的，充滿著希望的鄉間，忽然為這霹靂所驚怔住了。媽的，這是怎麼一回事！？解散農會？從縣裡發下來的命令？因為什麼道理？不革命了嗎？這是說土豪劣紳們又要伸出頭來，而他們受苦的鄉下人，又要重新回到原有的被壓迫的地位？這是說租還要照舊地交給地主，而他們，吳長興、王貴才、劉二麻子等等，又要重新過著牛馬的生活？這是說張進德，李杰和何月素等要退下，而讓李敬齋，何松齋和胡根富等，又重新回到統治者的地位？媽的，這是怎麼一回事呢！？革命完結了嗎？……

在關帝廟的大殿中聚集了幾十個活動分子，這其間年輕的農民占多數。左邊靠牆的地方還坐著幾個年輕的農婦，吳長興的老婆就是其中的一個。近來她的丈夫不敢再干涉她的行動了。聽見了這種消息，她即刻約幾個和她相熟的農婦來赴會。對於她，這農會是最重要的保護她的機關。由於它的幫助，她改變了自己的奴隸式的生活。解散農會？誰個要來解散她的唯一的農會？不，什麼都可以，可是這解散農會的事情，她是不能讓它實現的！

有的面孔上充滿著憤怒，有的面孔上表現著憂鬱。有的低

著頭不語，有的拍著胸叫喊著：「媽的……媽的……」別要看這些赤腳漢的表情是怎樣地不一致，但是他們每一個人都意識到，這是生死的關頭，這是不應當實現的事實。

李杰首先向會場做了個詳細的報告。他說，政局有了大的變動，一些假革命的叛徒們拋棄了革命的政策。他說，階級起了分化，資產階級投降了帝國主義……土豪劣紳們連合一起……最後他說，這是必然的結果，沒有什麼可失望的，今後只有我們自己的努力……

會場如馴服的巨獸一般躺著，靜聽著報告者的有時竟令他們不能明了的語句。除開報告者的聲音外，一切都寂然無聲，連咳嗽都聽不見。不過這一種靜默是很緊張的，如果把這一種靜默衝破了，那便會現出隱伏著的火山的烈火來。

在李杰報告完了以後，張進德立起身來，用著很銳利的眼光向會場上巡視了一下。停了一會，眾人便聽見他的有力的沉重的聲音了：

「他們要解散我們的農會。為什麼要解散我們的農會呢？這就是因為農會是我們的，不是土豪劣紳的。李同志說過了，現在土豪劣紳們又昂起頭來……他們昂起頭來，這就是我們要倒楣的意思。我想在場的沒有誰個願意倒楣。好，現在我來向大家問一聲，有誰個願意將農會解散呢？」

會場如被沉默的石頭塞住了喉嚨也似的，誰個也不做一點兒聲響。這樣延長了兩分鐘的光景。忽然坐在前排的癲癇頭立

起身來了。只見他紅得漲粗了脖子，用著黑而不潔的拳頭，在胸前亂捶了幾下，口吃地說道：

「媽的，要解散我們的農會……我問一聲，為什麼要解散我們的農會？媽的……我們要幹！不幹就不是人娘養的。媽的，我們費了許多力氣……媽的……不幹就是婊子養的……媽的……」

癲痢頭最後罵了一聲「媽的」，用拳頭向胸前捶了一下，便憤憤地坐下了。接著便有很多的人陸續表示意見，但沒有一個人主張解散農會。憤怒把全會場包圍住了，如果這時有哪一個敢於表示相反的意見，那恐怕他要被會場所撕碎了。本來悲憤得要哭出來了的何月素，見著會場上這種熱烈的，緊張的情形，不禁也為之精神振作起來了。她從李杰的背後立起身來，就在原有的地位上開始發著不大高朗的聲音：

「同志們！會場上沒有一個人主張解散農會，這可見得大家都認清了農會是什麼東西。不過諸位同志要知道，這解散的命令是縣裡發下來的，如果我們不遵從他們的命令，那他們一定會想出別的方法來壓迫我們，到那時大家能不害怕嗎？」

她說到此地，向會場巡視了一眼，只聽見一團不可辨別的聲音：

「不害怕！」

「害怕就不是人娘養的！」

「媽的，揍死他們！」

「…………」

她沒注意到，唯有吳長興低著頭坐著不動。他這時是在想著關於他的老婆的事情。他的老婆本來是很服從他的，可是自從有了什麼鬼婦女部，有了這個黃毛丫頭當部長之後，便把事情弄糟了。最近他雖然不敢壓迫他的老婆了（如果他再壓迫她，那她便要和他離婚呢），可是他總覺得這是不合理的事，時常地悶悶不樂。一切的罪過，他都委之於何月素，因此也就很恨她。可是這時坐在靠牆角的他的老婆，一見著何月素張口說話，便注意靜聽起來，不丟過一個字兒。她和著眾人說道：

「不害怕啊！」

也許這幾個字是最真實的罷，然而何月素沒有聽到她的聲音，依舊往下說道：

「大家能夠發誓嗎？」

「能夠！」

全會場一齊這樣簡單地回答著。眼見得這回答給了何月素以巨大的滿意。再說了幾句話之後，她便微笑著坐下了。這時會場開始鼓噪起來，無秩序地討論著怎樣對付敵人，怎樣才能保障住農會的安穩……

四十五

是傍晚的時候了。關帝廟前忽然出現了十幾個全副武裝的兵士。這是所謂革命軍,因為他們打著革命軍的旗號。鄉人們老是希望著看一看革命軍是什麼樣子,革命軍和趙屠戶的軍隊有什麼不同的地方。鄉人們很知道趙屠戶的軍隊是怎樣地對待老百姓:逼捐,拉夫,強姦,焚殺……這印象他們是永遠忘記不掉的啊!在鄉人們的想像中,這革命軍當然要和萬惡的趙屠戶的軍隊很不同了,這就因為革命的軍隊是革命的,是將趙屠戶的軍隊驅逐走了的軍隊……

現在這所謂革命軍是在關帝廟前出現了。有一些簡單的無知的鄉下人,還以為這是來到他們的鄉間「革命」的,革土豪劣紳的命,革田東家的命……然而這所謂革命軍的卻違反了他們的願望。他們的願望是要革命軍保護他們的利益,卻不知道這次革命軍的到來,是為著解散農會,捕捉農會的辦事人。換一句話說,他們來革農會的命,革小百姓的命……

雄糾糾的十幾個武裝的兵士擁進關帝廟裡去了。廟內啞然無聲,看不出一點兒人影。大殿上的關帝靜靜地在閱著《春秋》,周倉和關平在兩旁侍立著,桌椅的位置很整齊。東邊牆上掛著的一塊黑板上,有兩個用粉筆寫的白字「歡迎」。黑板旁邊

貼著用墨筆寫的農會的布告。

　　但是這裡的人跑到什麼地方去了呢？兵士們忙亂地搜尋了一會，但結果連鬼也沒捉到一個。媽的，這真是怪事呢，他們想。為首的斜背著皮帶子的驢臉的軍官，急得將後腦殼撓了幾撓，想不出如何辦法。「再搜尋一番！」將驢臉一沉，他向兵士們又下了這一個命令。答應一聲「是！」兵士們即刻又分散到廂房裡、廚房裡、廁所裡去搜尋犯人了。但結果仍連鬼也沒捉到一個。

　　「媽的，這鄉的地保呢？」

　　為首的軍官有點著急起來了。但是這鄉的地保跑到縣城去了，現在還沒有回來。

　　「媽的，這鄉的董事呢？」

　　這鄉的董事張舉人在遊街以後，不久便氣憤死了；李敬齋和何松齋兩人，這次請他們下鄉來捕人的主動者，也到現在沒敢遽行回來。

　　「媽的，怎麼辦呢？」

　　沒有辦法！

　　天色已經夜晚了。兵士們都感著饑餓。好在廚房內的器具、米、菜等等都是現成的，不如暫且造飯飽吃一頓；好好地休息一夜，（床鋪是有的啊！）等到明天再說。明天去捉幾個鄉下人來問一問，或者帶進城去交案去。媽的，這些不安分的鄉下人……

為首的軍官是這樣地決定了。

在剛要開始吃飯的時候，他們又在廚房裡發現一罈很美味的高粱酒來。這該是多麼歡欣的事啊！媽的，這真是歡迎我們呢……於是大家高興得喝了一個沉醉。醉漢們忘記了天有多高，地有多厚，忘記了一切，混亂地向廂房內的床鋪躺下了。廟門沒有關閉，但誰個也沒注意到這個。

是快要到半夜的辰光。一種吶喊聲，劈劈啪啪的類似乎槍炮聲，驚醒了醉漢們的好夢。他們從沉重的夢中醒來，不明白是一回什麼事。有的醒來時已全身被捆住了不得動。有的醒來時驚慌地尋找自己的武器，但是武器已被立在他們面前的陌生的人們拿去了。有的驚慌得亂竄，有的駭得魂不附體，顫慄得縮成一團。他們只見得屋內屋外燈籠火把照得通通亮，無數的鄉下人喊叫著、跳躍著、跑動著……也不知他們於什麼時候進了廟門，來搶劫他們這些革命軍的兵士們的槍械。所謂革命軍的兵士們，現在是被這些鄉下人活捉住了。他們是奉命來捉人的，現在反來做了俘虜。鄉下人居然這樣地大膽！這真是從何說起啊！

十幾個雄糾糾的兵士，現在變成可憐的，一點兒威風都沒有了的犯人了。有的被繩索捆著了。有的被兩個人架著不能動。推的推，架的架，一齊都被拉到大殿上來。也不知從什麼地方忽然出現了這些鄉下人，緊緊的如鐵桶一般將他們圍住。他們被命令著並排地跪在地下。為首的驢臉的軍官，現在比兵

士們表現得更為馴服些。

　　只見一個二十幾歲的面孔很文雅，然而在服裝上和農民差不多的少年，立在俘虜們的面前，如審判官也似的，開始說話了。

　　「你們是革命軍嗎？」

　　「是的，我們是革命軍。」有幾個很畏怯地這樣回答著。

　　「你們這一次被派來幹什麼？是來捉我們的嗎？」

　　囚犯們低著頭，誰個也不敢做一點兒聲響。

　　「你們知道革命軍的職務嗎？」

　　依舊沒有回答。「媽的，揍他們一頓再說！」有一個人這樣提議，眾人接著便附和起來。但是少年向興奮著的眾人擺一擺手，請勿喧鬧，接著他又平靜地繼續問道：

　　「革命軍的職務是在於保護老百姓的利益，你們知道嗎？」說至此他的話音開始沉重起來了。「我們的農會是老百姓保護自己的機關，是土豪劣紳們的對頭，你們既然是革命軍，就應當和我們在一道才是，為什麼反來和我們做對呢？你們一者自稱革命軍，二者也是窮苦出身，老百姓的事情就是你們自身的事情，為什麼反來幫助土豪劣紳來壓迫我們呢？」

　　「我們奉了長官的命令，沒有法子。」為首的軍官很畏葸地這樣解釋著說。他依舊低著頭不敢前望。

　　「你要知道你們的長官都是土豪劣紳們的走狗，是做不出好事來的。你們應當拿起槍來向他們瞄準，他們才是你們的敵

人。也只有這樣才配稱為革命軍呢。我看你們愚蠢無知，可以原諒你們這一次。下次可不能再來打我們了。回去好好地告訴弟兄們，勸他們也不要做出這種事來，知道了嗎？」

「知道了。」囚犯們這樣齊聲地回答著，彷彿如聽了軍令一般的形勢。

「你們可以回去……」

「但是我們的槍呢？」忽然有一個兵士這樣插著問了一句。少年笑起來了。

「你們的槍？對不起，我們要借用一用。我們要組織自衛隊，正苦於沒有槍械，現在只好向你們借用一下。你們要是革命的漢子，就請你們回去再帶些槍來加入我們一道。同志們！放他們回去罷！」

「李先生！不能夠把他們放掉啊！媽的，把他們放掉了，他們會又來捉我們呢。」

「不錯，不能放，李先生！」

「乾脆把他們槍斃掉！」

「…………」

一部分人反對少年的釋放的主張。少年見著眾人的反對的情狀，正在要招手說話的當兒，立在他的旁邊的一位強壯的漢子舉起手來，向眾人發出高朗的聲音，說道：

「同志們！別要鬧！我們把他們槍斃了幹什麼呢？他們也是我們的弟兄，不過受了長官的欺騙罷了。我們應當好好地勸導

他……」

高朗的聲音即刻將鼓噪著的人眾安靜下來了。有誰個說了一聲，「把槍給我，我看一看這槍裡的子彈放在哪裡，」即刻引動了人眾對於適才搶到手的槍械的思想，一瞬間好像把俘虜們忘記了。他們在燈光下研究那些為他們所不知道怎樣使用的武器。因為爭看的原故，幾乎要鬧得打起架來，若不是所謂「李先生」的叫了一聲，「請同志們注意！暫且不要亂弄！」那恐怕要弄出禍事來也說不定。

「別要動！等一會李先生教我們怎樣放法。」

「媽的，我們現在有快槍了！」

「李先生做我們的隊長，教我們放槍。」

「你願意幹自衛隊嗎？」

「…………」

紛擾了大半夜，一直到天亮還未停止對於研究槍械的興趣。沒有誰個感覺到有睡的疲倦，大家為歡欣的勝利的酒所陶醉著了。唯有張進德和李杰兩人在釋放了兵士們之後，說起農會的命運……兩人感覺到真正的劇烈的鬥爭恐怕要從此開始了。怎麼辦呢？只有勇敢的前去！只有在殘酷的鬥爭中才能奪得自己階級的福利！……

四十六

「……我被推為自衛隊的隊長,這是因為我在軍隊裡混過,知道一點兒軍事。他們把敵人的槍奪來了,可是不知道怎麼使用。如同得到了寶貝也似的,他們歡樂得手舞足蹈不可開交。他們雖然無知識,雖然很簡單,然而他們該是多麼樣地天真,多麼樣地熱烈,多麼樣地勇敢,這些鄉下的青年!他們當然都不知道天有多高和地有多厚,只知道『幹!幹!幹!』這一種直感的『幹』當然有時會是愚蠢的行動,然而這是我們的勝利之最重要的條件。孩子們,努力地幹罷!勇敢地幹罷!管他媽的!……」

「真正的、殘酷的鬥爭恐怕要從此開始了。張進德也感覺到這一層。我們的敵人能這樣地讓我們『橫行』嗎?繳了軍隊的械,這當然不是一件小事!現在我們有了槍械,現在我們有了自衛隊,這當然是對於敵人的最大的威脅。現在我們的敵人意識到了我們的可怕性,意識到了我們的力量,意識到了我們所說的革命乃是真的革命,乃是推翻現存的制度……於是他們再不能忍受下去了,於是他們便揭開了假面具……所謂革命的領袖不過是舊勢力的新裝,所謂革命軍仍然是軍閥的工具。我早就疑慮及此了,現在果然不差,證實了我的疑慮。」

「媽的，讓他去！敵人的叛變不足以證明我們的失敗。今後只有猛烈地，毫不妥協地鬥爭……」

「現在我是自衛隊的隊長了。我的責任更加巨大了。前途茫茫，不可逆料。也許不是今日，便是明日，我會領著一隊鄉下的孩子們與敵人相見於炮火之下……李杰！從今後你應當怎樣地當心才是啊！」

「唉！不幸今天發生了這麼樣的一椿慘事！繳來的槍沒有把敵人打死，先將自己人這樣平白地傷害了一個。唉！這真是令人好生悲痛！」

「勇敢的，最近最要學好的小抖亂，忽然被他的好友癩痢頭因玩槍而誤打死了。他們兩個人共用著一桿槍，大概是因為在玩弄的時候忘記了槍中有子彈，一不當心便鬧出了這樣巨大的禍事。這真是從何說起啊！癩痢頭見著自己的好友被他打死了，只哭得死去活來，在我的面前表示願意抵命。孩子們之中有的和癩痢頭不睦的，便主張將他嚴辦。可是有的說，這是誤打死的，沒有罪。我初次大大地為難起來了，要說嚴辦他罷，他本是無意的；要說不辦他罷，這打死人了也實非小事。最後我以隊長的資格命令打他兩百鞭子。我的意思是要向大家警戒一下，使此後不再發生同樣不幸的事。」

「聽說小抖亂從前和癩痢頭專偷鄉下人的雞鴨……可是自從進了農會之後，他們兩個便不再幹這種勾當了。他變成了一個很好的青年。我很喜歡他。但是現在他離開我們而去了，離開

了他的唯一的好友癩痢頭，離開了他所最愛護的農會……」

「我們的偵探從城裡回來報告道，官廳正在預備派兵來剿滅我們……他們說我們造了反……」

「聽說何松齋和我的父親（？）正在籌辦東鄉的民團，已招募了許多人。官廳幫助他們的槍械，而他們擔任款項。這目的當然是在於剿滅我們。有了官廳做他們的後盾，他們，這些土豪劣紳們，現在當然可以『努力革命』了，努力革鄉下人的命……」

「我的父親已知道了我充當自衛隊的隊長嗎？他在那方面努力，我在這一方面也努力。他代表的是統治階級，我代表的是鄉村的貧民。說起來，這是怪有趣的事情。兒子和父親兩相對立著，這樣很彰明地鬥爭起來，怕是自古以來所未有的現象罷。我曾讀過俄國文學家屠格涅夫所著的《父與子》一書，描寫父代與子代的衝突，據說這是世界的名著。不過我總覺得那種父子間的衝突太平常了。如果拿它來和我現在與我父親的衝突比較一下，那該是多麼沒有興趣啊！我不知道有沒有一個文學家會將我與我父親的衝突描寫出來。我很希望有這樣的一個文學家。」

「我沒有父親了。有的只是我的敵人。和敵人只是在戰場上方有見面的機會。聽說我的母親還是在家裡害著病……母親！請你寬恕你的叛逆的兒子罷！如果『百善孝當先』是舊道德的崇高理想，那他便做著別種想法：世界上還有比『孝父母』更為重

要更為偉大的事業，為著這種事業，我寧蒙受著叛逆的惡名。母親！你沒有兒子了。」

「這時候，不是講戀愛的時候⋯⋯」

「毛姑！我的親愛的毛姑！你比你的死去的姊姊更可愛。你比一切的女人都更可愛。你是我們的安琪兒，你更是我的安琪兒！⋯⋯然而這時候，的確不是講戀愛的時候！工作如火一般地緊張，我還有閒功夫顧到愛情的事嗎？不，李杰，你應當堅定地把持著你自己！」

「不錯，毛姑是可愛的。她的天真，她的美麗，她的熱烈，她的一切⋯⋯而且她也在愛著你，只要你一看她那向你所射著的溫存的眼光！但是戀愛一定要妨害工作，這時候，的確不是講戀愛的時候⋯⋯

「我的敬愛的月素！你的一顆芳心的跳動，我何嘗沒有感受得到？但是⋯⋯你應當原諒我，而且，我想，你一定也是會明白這個的。聰明的你哪能不明白呢？工作要緊啊，我的敬愛的月素同志！

「在工作緊張的時候只有工作，工作⋯⋯」

「這兩天的風聲很不好。有的說，縣裡的軍隊快要到了⋯⋯有的說，如果捉到農會的人，即時就要砍頭⋯⋯媽的，管他呢！我們在此期待著。我們沒有別的出路。」

「我的自衛隊做著對敵的準備。如果敵人的勢力大了，那我們便退避一下；如果敵人來得不多的時候，那我們便要給他們

一個教訓……」

「不過我擔心著我們的兩位女同志。危險的事情隨時都有發生的可能。而女子究竟有許多地方不能和男子一樣。我硬主張毛姑和月素兩個人回到毛姑的家裡過一些時再看。她兩個硬不願意，說我們做什麼，她們也可以和我們一樣做什麼。毛姑氣得要哭出來了。月素當然要比她明白些。在我和張進德的強硬的主張之下，她們終於今天下午離開關帝廟了。」

「啊，我的最親愛的兩位女同志啊！……」

四十七

　　別要看李杰的努力，別要看群眾都信任他的真誠，他總是在李木匠的懷疑的眼光裡，感覺得一種難以言喻的侮辱。他不明白李木匠為什麼老是在懷疑著他，在他，他是尋覓不出自己可以被懷疑的根據來的。「他在侮辱我，這個渾蛋的木匠！」他是這樣地想著，然而他沒有除去這種侮辱的方法。李木匠只是向他射著懷疑的眼光，李木匠並沒曾公開地宣傳過他的什麼不好的行為啊……

　　李杰深知道被社會所十分欺侮過的李木匠，是在深深地恨著他的父親李敬齋，甚至於一切的比他幸福的人們。這當然是有根據的。但是李杰並不是李敬齋，而且李杰現在正在努力反對李敬齋，反對李敬齋所屬的社會，有什麼可以令李木匠不信任他的地方呢？李杰想道，這真是天曉得了。李杰有時想和李木匠詳細地談一談話，可是李木匠總是企圖著避免這事。因此，李杰更覺得好生氣憤。然而他也只限於好生氣憤而已。

　　自衛隊總數共三十人，分為三小隊。第一隊長張進德，第二隊長李木匠，第三隊長吳長興。吳長興的位置本是決定屬於劉二麻子的，但劉二麻子不知為什麼不被群眾所信仰，因此改為不大說話的，然而做事很認真的吳長興充任。若不是張進德

鎮服住了劉二麻子，那劉二麻子恐怕要同吳長興或李木匠吵架的：「媽的，為什麼你能充隊長，我就不能呢？你老子並不差你許多……」

素來避免著和李杰接近的李木匠，今天早晨在天剛亮的辰光，出乎李杰的意料之外，忽然走進李杰的房間來了。這時李杰雖已起床了，可是正在扣著上身小褂子的鈕釦。見著李木匠走至面前，冷冷地向他射著拷問、不信任的眼光，一時懵懂住了，不知說什麼話是好。這是怎麼一回事呢，他想。

「李杰！」李杰覺著這聲調是很不恭敬的，不禁也開口很直硬地問道：

「什麼一回事？」

「你是隊長，我很願意知道你的意思是怎麼樣。現在我們的對頭快要來對付我們了，我們當然不能再和他們講客氣了。何二老爺辦團練，胡扒皮和他們通聲氣……我主張將他們的老根燒去，造他們的祖宗，來叫他們一個無家可歸才好。你贊成嗎？」

「這當然是可以的事情。」李杰毫不猶豫地這樣說了。他這時並沒想到有令他為難的事。可是李木匠的拷問的眼光忽然增加力量射到他的身上來了。

「但是李家老樓怎麼辦呢？不燒嗎？」

李杰的臉孔即時蒼白起來了。他明白了李木匠的意思。怎麼辦呢，啊？……如果何家北莊和胡家的房屋可以燒去，那

李家老樓為什麼不可以燒？如果何二老爺和胡根富是農民的對頭，那他的父親李敬齋，豈不是更為這一鄉間的禍害？不燒嗎？不，李家老樓也應當燒啊，絕不可以算做例外。但是……躺在床上病著的母親……一個還未滿十歲的小姑娘，李杰的妹妹……這怎麼辦呢？啊！李敬齋是他的敵人，可以讓他去。李家老樓也不是他的產業了，也可以燒去。但是這病在床上的母親，這無辜的世事不知的小妹妹，可以讓他們燒死嗎？可以讓他們無家可歸嗎？這不是太過分了嗎，啊？……

李杰低下頭來了。義務與感情的衝突，使得他的一顆心顫慄起來了……房中一時的寂然……無情的，如鋒利的刀口也似的聲音又緊逼著來了：

「不燒嗎？」

李杰被逼得不得不開口了，但是他的聲音是這樣地低微而無力：

「木匠叔叔！要燒，李家老樓當然也不能算做例外。不過……木匠叔叔！我的母親病著躺在床上，還有一個不知世事的小妹妹……」

「不燒嗎？」

李杰仍舊低著頭，宛如馴服的待刑的罪犯一般。他沒有勇氣再往下說下去了。他覺得他此刻可以跪下來請求李木匠不再逼問他，啊，這是怎樣殘酷的逼問啊！……

「那麼，怎麼辦呢，隊長？」

殘酷的、尖冷的、侮辱的聲調終於逼得李杰氣憤起來了。

「你願意怎麼辦就怎麼辦，好嗎！？」

「聽隊長的命令……」

李木匠說了這麼一句，便回轉身走出房門去了。李杰呆呆地望著他的背影，停了一會，忽然明白了：李木匠決意燒去李家老樓……病在床上的母親或者會被燒死……痛哭著的驚叫著的小妹妹……這怎麼辦呢，啊？……李杰在絕望的悲痛的心情之下，兩手緊緊地將頭抱住，直挺地向床上倒下了。他已一半失去了知覺……

也不知在什麼時候，他被驚慌著的張進德的聲音所震醒了。

「剛才有人報告我，說李木匠帶領了一隊人去燒李家老樓去了……說是你的命令……這是真的嗎？」

李杰坐在床沿上，低著頭不做一點兒聲響。張進德見著他這種神情，不禁更加懷疑而驚慌地問道：

「是怎麼一回事？」

李杰抬起頭來，睜著充滿苦痛的眼睛，向立在面前的張進德望了一會，半晌方才低微地說道：

「也可以說是我發的命令……唉，進德同志！如果你知道……」

張進德未等他說完，即打斷他的話頭說道：

「你不是發了瘋嗎？你的父親當然是我們的對頭，可是你的病了的母親，不知世事的小妹妹……這，這怎麼行呢？趕快差

人叫他們回來才是！」

　　張進德說了這話，回頭就走，可是被李杰一把將他的袖子拉住了。李杰將他拉到床沿和自己並排坐下，依舊很低微地說：

　　「進德同志！你以為我是發了瘋嗎？我一點也沒發瘋。人總是人，我怎麼能忍心將我的病了的母親，無辜的小妹妹……可是，進德同志！我不得不依從木匠叔叔的主張……」

　　「他主張什麼呢？」張進德很性急地問。

　　「他主張將土豪劣紳們的房屋都燒掉，破壞他們的窩巢，這是對的。何家北莊，胡家圩子……應當燒去……但是李家老樓燒不燒呢，木匠叔叔問我。你知道，木匠叔叔素來不相信我，如果我不准他燒李家老樓，那不是更要令他不相信我了嗎？而且那時候恐怕這一鄉間的農民都要不相信我了。別人的房子可以燒，可是你自己的房子就不能燒，哼！……他們一定要不滿意我。如果他們不滿意我，那我還幹什麼革命呢？這一次對於我是最重大的考驗，我不能因為情感的原故，就……唉！進德同志！人究竟是感情的動物，你知道我這時是怎樣地難過啊。我愛我的天真活潑的小妹妹……」

　　「現在去止住他們還來得及啊。」

　　「不，進德同志！」李杰很堅決地搖頭說道，「讓他們燒去罷！我是很痛苦的，我究竟是一個人……但是我可以忍受……只要於我們的事業有益，一切的痛苦我都可以忍受……」

　　張進德的手仍被李杰的手緊緊地握著。李杰低下頭來，張

進德也為之默然。

　　這時自衛隊的隊員們在院中已開始唱起為李杰所教授的革命歌來了：

　　起來，饑寒交迫的奴隸！

　　起來，全世界的罪人！

　　滿腔熱血已經沸騰，

　　拚命做一次最後的鬥爭……

四十八

自從李家老樓和何家北莊被焚了以後，縣內的風聲陡然緊急起來了，農會得到確實的消息：新編的民團會同軍隊即日下鄉剿滅農匪……經過長時間的討論，自衛隊決定退到離關帝廟約有十餘里之遙的一帶深山裡，以靜觀敵人下鄉後的動靜。有些勇敢的青年們不滿意退避的主張，以為這是示弱的行為，可是一因為人數不足，二因為槍械缺乏，若不退那豈不是要送死嗎？……

荷姐依舊是先前的荷姐，執行著艱苦的工作，度著貧寒的生活。荷姐又不是先前的荷姐了，她已經和她的丈夫對等起來，不再受吳長興的牛馬式的虐待了。也許吳長興很不滿意這個，但是她有婦女部後盾呵，而且她決定了，如果吳長興再施行虐待，那她便不再跟他做老婆了。「世界上的男人多著呢，誰稀罕你這黑鬼？」她時常這樣威嚇她的丈夫，而且她想，一個女人沒有丈夫，不見得便不能生活……

正在彎著腰在菜園內鋤地，一面又幻想著這幻想著那的當兒，荷姐忽然為著走近她面前的腳步聲所驚動了。她抬起頭來，見是自己的面孔沉鬱著的丈夫，便開口很不恭敬地說道：

「不在農會裡操練，現在回來幹什麼？」

　　破草帽下面的吳長興的面孔，死板板地一點兒表情都沒有，只將烏紫的厚嘴唇動了一動：

　　「回來幹什麼？快要派兵來打我們了。我回來收拾一點東西，上山去……」

　　「就快來了嗎？」荷姐一下將鋤頭放在肩上扛著，彷彿預備去對敵的樣子。她的兩隻純厚的眼睛這時驚異得變成為圓形了。接著吳長興一句一句地，慢慢地告訴了她詳細的情形，他說，敵人的勢大，而自衛隊又沒有充足的傢伙；他說，他跟著自衛隊上山去，而她，荷姐，留在家裡看家……

　　「我也跟你們去？」荷姐說。

　　吳長興將眼睛一楞，預備罵他的老婆，然而他即時明白了，發火是沒有用處的，只得平一平氣說道：

　　「你跟我們去幹什麼呢？你是一個女人，又不能打仗……」

　　「呸！我不能打仗？」荷姐將鋤頭往地下一豎，吐著輕蔑的口氣，說道：「我比你還打得凶些。只要我手中也有槍。你看一看我就是！」

　　「可是我們沒有多餘的槍呵。」吳長興的氣更低下去了。他這時宛如被他的老婆的強硬的態度所壓服住了。

　　「沒有槍也不要緊，石頭扁擔都可以。我一定跟你們去。把我丟在家裡幹什麼？」

　　「那家裡的東西怎麼辦呢？」吳長興的聲音更為低小了。荷姐聽見這話，如神經病發作了也似的，兩手握了鋤柄，哈哈地

狂笑起來。

「你家裡有什麼金銀財物？你家裡有什麼貴重的東西值得小偷來照顧？」

荷姐將胸部捶了幾拳，停住不笑了。她兩眼瞪著被她的狂笑所弄得呆了的丈夫，繼續正經地說道：

「我們只要把破爛的衣服捆一捆帶在身邊，再也沒有可以捨不得的東西了。走，我們到屋裡去收拾東西罷。還有，一小罐子鍋巴我們可以帶著做乾糧……」

荷姐荷著鋤頭在前面直挺地走著，吳長興很服順地跟著她，慢慢地進入為他們所要拋棄的低小的茅屋，在這裡他們結婚，在這裡他們共同度過長時間的淒苦的貧寒的生活……

害著傷寒病症，躺在床上不能走動的王貴才，眼看著他的小妹妹毛姑和著何月素即刻就要離他而去了，去跟著自衛隊一道退避到那深山裡，因為打柴他也曾到過那裡幾次……怎麼辦呢，啊？他病了，他不能跟著他們一道去，這該是使他多麼難過的事！唉，這討厭的病！這逼得他不能充當自衛隊隊員的病！為什麼他要害了這種萬惡的病呢？王貴才最後恨得伏著枕哭泣起來了。

素來很嚴厲的王榮發近來不知為什麼待自己的兒女有點寬大起來了。先前他很氣憤兒女的行動，百方企圖著打斷他們和農會的關係，可是自從張舉人遊街以後，他卻靜默起來了。雖然不公開地表示同意，可是對於兒女的行動不再加干涉了。有

時老太婆為著兒女的行動生氣，老人家反安慰著她說道，讓他們去，現在是他們年輕人的世界了……聽著緊急的風聲，老人家見著王貴才病在床上躺著，很十分地代為焦急起來：他不能跟自衛隊上山去怎麼辦呢？將他捉住了，大概是不會活的……雖然「他病了，或者不致於」這種解釋安慰著他老人家，可是老人家總不能放下心去。

聽著女兒要跟著自衛隊上山去，王榮發始而不以為然，可是後來想到女兒不離開的危險，便也就不加阻攔了。可憐的老太婆見著親愛的女兒要離開她，要離開安穩的家庭，而要去跟著什麼自衛隊一些男人們一道，跑到那什麼無吃無住的深山裡去，也不知一去有沒有回來的時候，整整的哭了一個整夜。

「媽！不要緊的。女人也不止我一個，還有何先生，吳長興的老婆大概也是要去的……我們不久就可以回來，媽！……」

毛姑的勸慰總減低不了老太婆的焦慮。她拚命地不讓自己的女兒去冒險，她說，任死也死在一道，可是老人家反對，而毛姑又執意著要去，終於使得她只有無力的哭泣而已。

最後，毛姑走向病榻跟前，向自己病了的哥哥辭別。看見哥哥的熱度極高通紅的面孔，以及他那淚絲絲的，飽含著無限的悲哀的眼睛，毛姑忍不住掩著袖子哭泣起來了。王貴才很費力地伸出熱得燙人的手來，將毛姑的左手緊緊地握著，幾番地欲言又止，後來將手鬆開，臉轉向床裡面去了。他僅僅用著萬分苦痛的聲音說出一句話來：

「妹妹，你去罷！……」

立在毛姑背後的何月素，睹此悽慘的情狀，也不禁落下幾滴淚來。然而她意識到時候已不早了，該動身走了才是，於是便忍著心向毛姑催促著說：

「毛姑娘！我們要走得了，再遲恐怕趕不上他們了。」

出乎何月素的意料之外，毛姑即時拭一拭哭紅了的眼睛，回過臉來毫不留戀地說道：

「好，我們走罷！」

在老太婆哭泣的聲中，在老人家呆著的悵悵的眼光中，毛姑和何月素各人手提著一個小小的包袱，向著走向關帝廟的那方向走去了。

當李木匠走進門的時候，他的老婆正在很注意地縫補著他的破了的白布褲子。李木匠本是不大愛穿有了補綻的衣服的，可是近來因為窮困，無錢買布的原故，便也就不得不把愛漂亮的脾氣遏止一下，經常穿他的老婆所補的破衣服了。他的老婆和先前一樣，很安於自己的窮苦的命運，不過先前她吃慣了他的丈夫的拳頭，現在卻漸漸把這事忘記了。如果農會的婦女部將很多的婦女都鼓吹得覺悟起來了，則她，李木匠的老婆，還是照著先前一樣地生活著，思想著，從沒有過超過她現在的範圍以外的希求。李木匠一方面恨自己老婆愚蠢，可是見著別人的老婆不服從丈夫，也就很慶幸自己的命運了。

她看見自己的丈夫回來了，停下手中的工作，也不起身，

只將呆笨無光采的兩隻眼睛望著他，宛如忘記了說話一般模樣。

「我的褲子補好了嗎？」李木匠問。他的老婆搖一搖頭，表示還沒補好。

「那怎麼辦呢？」李木匠的眉頭皺起來了。「我即刻就要拿去才行。我們自衛隊今天就要進山裡去……你快補完好嗎？」

聽了這話，他的老婆如夢醒了也似的，即刻低下頭慌忙地動起針線來。李木匠立在她的面前，往下看著她的手內針線的移動，心內禁不住想起來了她的愚蠢然而很馴服的性格，她的慣於過著窮苦的生活，以及他往日待她如何地不好……這樣的老婆好呢還是不好呢，他想。胡根富的二媳婦的風騷的模樣在他的腦際裡湧現出來了……接著他便想到那一晚被打的情形，不禁有點臉紅起來了，同時，他生了對於他的忠實的老婆羞愧的心情。還是這樣的老婆好呵，他想。

約莫經過十分鐘的光景，他的老婆將褲子補好了。他將褲子拿到手裡翻看了一下，然後順手疊將起來，放在他身旁的桌子上。他的老婆仍愚笨地望著他的動作，不說話。

「你把我所要穿的衣服都收拾好，」李木匠轉過臉來向她說道，「我要帶上山去。這一去不知什麼時候才能回來……」

她忽然臉孔蒼白起來了，驚慌地張開厚唇的大嘴問道：

「你要到哪裡去呵？把我一個人丟掉嗎？」

一種失望的要哭的聲音，使得李木匠重重地看了她幾眼，動了憐憫的心情。他想將她擁抱起來，好好地安慰她幾句，可

是他從來沒有這樣做的習慣,終於止住。

「把我一個人丟在家裡,我怎麼過日子呢?……」

她終於嗚咽著哭泣起來了。這時李木匠才拉起她的手來,如大人安慰小孩子也似的口氣說道:

「聽我說,不要哭。我不久就要回來。家中還有點米……地裡的豆子你別忘記鋤……一個人好好地過日子,我不久就要回來……等我們自衛隊打了勝仗的時候,我們的窮日子就會好起來。別要哭,給我收拾東西罷……」

四十九

　　五十餘人的隊伍如長蛇一般地走上往三仙山的路途了。張進德領著第一隊在前引路，李杰壓第一隊的隊角。在他的後面行走著三個女人，女人們的後面是十幾個挑著米糧雜物的，再後面是第二隊，第三隊。隊伍當然是很花色的，有的荷著快槍，有的握著長刀，有的武器只是直挺的木棍……

　　他們具著同一的命運，跳動著同一的心，開始向著同一的方向走去。在那不可知的前途上，期待著他們的是些什麼呢？他們之中誰個也不能說定。但是他們一致地感覺到了，就是從今後他們走上新的鬥爭的路，這鬥爭的結果不是勝利便是死滅，不是他們重新回到關帝廟，便是李敬齋重新把定住統治者的勢力。

　　炎熱的太陽發著淫威，秧稞中的熱風更閉塞住人們的呼吸。汗珠子在每一個人的臉上身上流著，如淋著雨也似的，就是不斷地用袖口或手巾揩拭，也不能稍微止住。有的帶著草帽，有的撐著傘，可是有的只是光著頭，一點什麼遮蓋都沒有。李杰看見走在他的前面的癩痢頭的頭上，那無毛的疤痕被日光曬得發紅而要溯出油來的模樣，不禁忍不住發出一種憐憫的聲音：

「喂！黃同志！（別人都稱呼他為癩痢頭，而李杰獨稱呼他為黃同志。）太陽曬得很痛罷，來，來和我共一把傘，這傘很大。」

可是荷著一支快槍，正走得有勁的癩痢頭，回過滿流著汗水的紅臉來，很感激地微笑道：

「不用，李先生！我是這樣曬慣了的。」

「你為什麼老稱呼我李先生？」李杰用手巾揩一揩臉上的汗水，一面很親密的向癩痢頭說道，「我不是幾次教你稱呼我李同志嗎？我們都是同志，沒有誰個是先生呵。三仙山你到過嗎？」

「我很去過幾次呢，李先生。」

「你看，你又稱呼我李先生了！」李杰略微表現出一點氣憤的神氣。癩痢頭有點難為情起來，笑著說道：

「媽的，我這樣稱呼慣了，總是記不得……」他停了一會，將眉頭皺了一下，向李杰問道：「我們這一去，什麼時候回來呢？」

「那可說不定。」李杰說。

「媽的，我們的傢伙不夠，討厭！不然的話……」

前面有人唱起山歌來，那嘹亮的喉嚨打斷了李杰對於癩痢頭說話的注意。接著有很多的聲音同時附和起來。「這一次雖然是回避，也可以說是逃跑，但是孩子們的心氣並不頹喪呢……」李杰一面這樣想著，一面聽著在他覺得是很悅耳的

歌聲。

在李杰後面行走著的三個女人，她們的頭上都戴著闊邊的草帽，手裡都提著小小的包袱，如果從遠處看來，一定認識不出她們是女人來。他們比男人們好說話些，一面走著一面不斷地說著話。她們自成為一個小小的世界，彷彿男人們的山歌聲，引起不了她們聽的興趣。何月素現在完全變成農家女子的裝束了，照著她的外表看來，誰個也認識不出她是何家北莊的何小姐，何二老爺的侄女兒……「我現在和你們一樣了，你們看，可不是嗎？」她常常向毛姑們這樣很自得地說著，她們也就漸漸忘記了她是生自別一個階級了。可是在女人們的口中不大容易冒出「同志」兩個字來。她們雖然和何月素是很親密的，可是說起話時，還總是脫不了一個老的稱呼「何小姐」。

「何小姐！你知道這三仙山為什麼要叫做三仙山嗎？」

李杰正在幻想著，忽然為毛姑的嬌脆的聲音所打動了，不由得回過臉來望她們，就在這個當兒，毛姑向他笑著很嫵媚地說道：

「李先生！別要聽我們的瞎三話四！我們女人有女人的話，你不懂得。」

「也許能懂得一點呢。」李杰也笑著說道，「現在講的是男女平等，為什麼你不准我聽你們的話呢？」

毛姑有點難為情起來，回過臉不再答理李杰，繼續向何月素問道：

「你知道嗎？」

李杰見著何月素搖一搖頭，說聲不知道，可是她的目光卻向他的身上射著，這使得李杰不自主地將臉紅了一下便回過頭來了。

「你知道嗎，毛姑娘？」李杰聽著這是吳長興的老婆的聲音。「真的，我活了這麼大，還不知道這三仙山的來源呢。」

「這是我媽說給我聽的。從前在什麼時候，有姊妹三個，大的叫雲霄，第二個叫瓊霄，第三個叫碧霄，她們在山上修仙學道，後來都成了神仙。成了神仙以後，她們姊妹三個都上天上去了。後世的人知道她們三個在這山上修過仙，便把這山起個名字，叫做三仙山。山上有個三仙廟，那裡供著的便是她們姊妹三個的神像。聽說她們很顯靈，燒香的人很多呢。」

「你媽去燒過香嗎？」荷姐又問。

「她是去過的。聽說山路很難走。」

「也不知還有多遠。我已經走累了呢。」何月素很疲倦地說。

「你看，那前面不是嗎？大約不大遠了。」

毛姑停了一會，又繼續說道：

「我媽說，她們姊妹三個都有寶貝，……」

「她們有什麼寶貝呢？」荷姐急促地問。

「雲霄的寶貝叫什麼名字，我記不得了。瓊霄的寶貝叫『金蛟剪』，碧霄的寶貝叫『混元金斗』，聽說這『混元金斗』厲害極了，任什麼道行高的神仙都怕它。」

「怎麼厲害法呢？」何月素也這樣感著興趣地問起來了。

「這『混元金斗』是我們女子的（毛姑的聲音放低了。）馬桶煉成的，最厲害不過。只要把它一放出去，哪怕有多少萬的人馬也可以裝得下。有道行的一被裝進去，便什麼道行都沒有了，所以所有的神仙都怕這個東西……」

不等毛姑將話說完，荷姐又急迫地問道：

「那『金蛟剪』呢？」

「那『金蛟剪』聽說也很厲害。那是由裁衣服的剪子煉成的。只要將這寶貝一放出去，那空中便有兩條霞光萬道的活龍交叉著，任你有千軍萬馬，一霎時就可以剪得一個不留。聽說有一次姜子牙得罪了瓊霄，瓊霄生了氣，便放出『金蛟剪』來剪他，若不是他的師傅救了他，他幾幾乎送了命呢。」

「我們要有這兩樁寶貝就好了。」荷姐很惋惜地說。

「有什麼用？」毛姑笑著問。

「有什麼用？！」荷姐很鄭重地說道，「如果有了這樣好寶貝，那我們今天還上山去幹什麼呢？隨便他們派好多兵來，我們還怕他們嗎？我們一下子就可以把他們打盡了。只要有這樣好寶貝，那我們……」

何月素噗哧一聲笑起來了。

「你們說得怪當真的，世界上哪有這樣的好寶貝？這不過是一般人傳說罷了。什麼修仙得道，什麼天花亂墜的寶貝，那都是假的，世界上哪有這麼一回事呢？你們千萬不可以相信這些

事情！」

三人都沉默下來了⋯⋯

李杰一面雖然覺得荷姐的幻想好笑，可是一面也禁不住想道，如果世界上真有這樣的好寶貝，那他將寶貝得到手裡，便可以很快地將這種不公道的世界改造好了⋯⋯

已經快要到三仙山的山麓了。在晴朗的天氣之下，三仙山上面的樹木，以及一切起伏和凹凸的地方，都很清晰地可以看見。他的一顆本來很平靜著的心，忽然很劇烈地跳動起來了。他感覺到一種不可知的命運在等待著他和他的同志們。從這裡也不知什麼時候才能回到關帝廟呵⋯⋯他想。但是別一種勇敢的聲音向他說道：

「你在疑慮著什麼！不是勝利便是死滅！勇敢地向前奮鬥罷，李杰！」

這時他聽見隊伍中的雜亂的聲音：

「你的老婆留在家裡，你放心嗎？」

「稻穗子已低頭了。今年也不知道要不要再交租⋯⋯」

「我們在山上好打他們些。媽的，他們來多少，我們便打多少，一個一個地將他們送回老家去！」

「我有什麼捨不得？」

「走呵，你回看什麼呢？家裡還有什麼東西捨不得嗎？」

五十

　　本來很寂靜的三仙廟的大殿，現在變成為一張巨大的床鋪了。吃過晚飯以後，眾人都很疲倦地在大殿上躺下，有的墊著木板，有的墊著隨身帶來的竹蓆，有的墊著布毯……他們直著、橫著、無秩序地交叉著，一致地發出如雷鳴也似的鼾聲來。三個女人將兩個老道士的臥室占住了，兩個老道士駭得不敢做聲，只乖乖地躲在廚房裡。這些人們突然的到來，對於他們恐怕要算是凶神的下降了。他們簡直不明白發生了一回什麼事……

　　李杰因為上山的時候不小心，膝頭跌破了一塊皮，也就和著眾人一道兒睡下去了。張進德無論如何沒有即睡的興趣。今夜晚的他的腦海，異乎尋常地起伏著不定的波浪，一回兒想到這，一回兒想到那。「老道士還在廚房裡嗎？……」由著這種思想，他便握著槍摸到黑暗不明的廚房裡去了。廚房內寂無人聲，這使得張進德一瞬間想道，老道士大概是偷跑了。他身邊衣袋內有一盒火柴，即刻掏出來一根擦著了照一照，這時他見著兩個老道士躲在灶背後，正坐著在打盹呢。

　　「老道士！」張進德將灶臺上的燈燃著了以後，走至他們兩個跟前，用手將他們的肩頭推了一推。從睡夢中醒來的兩個老道士，見著張進德手中握著槍的模樣，只當是逼命的來了，便

一齊噗通地跪下來，發出很驚惶失措的聲音，哀求著饒命。

「大……王……爺！饒……饒命！」

「我又不是強盜，你為什麼稱呼我大王爺？起來，我好好向你們說話！」

兩個老道士依舊全身顫慄著，跪在地下不敢起來。張進德見著他們這樣模樣，覺得又是可憐，又是可笑。

「我們都是農會的人，」張進德很和善地向他們兩個解釋著說道，「我們是自衛隊，你們聽說過嗎？」

「是……是……大王爺饒命……」

「我告訴你們，我們不是強盜。我們暫且借你們的廟住一些時就走，你們千萬別要害怕，我們是不會害你們的。可是不准你們私自下山，如果你們私自下山，捉住了便沒有性命。曉得了嗎？」

「曉得……了！……」兩個老道士叩了一個頭，這樣連忙答應著說。「不敢……大王爺饒命！……」

走出了廚房之後，張進德復走至大殿上巡視了一下，便走出廟門外來了。三仙廟位於半山腰間，它的前面是一個小小的空場，空場的前面再下去一點，便是黑黝黝的松林了。在昏黃不明的月光下，張進德看不清晰那山腳下的景物。時在炎熱的夏季，夜晚的山風，吹到人的身上，雖然也覺得有點涼意，但是疲倦了的心神卻被吹得輕鬆而清快起來了。從什麼地方傳來幾聲陰森可怕的山鳥的或是野獸的叫鳴，但是張進德的膽量

很大，這時並不覺得一點兒可怕。他也曾過過山居的生活，但是獨自一個人在昏黃的月光之下的半山之中，這樣淒清地徘徊著，恐怕今夜晚要算第一次呢。

想起農會的前途……想起礦山上的生活……現在他是和同志們退避到這三仙山裡來了。難道就沒有再回到關帝廟的希望了嗎？難道他和同志們所開始的鬥爭，就這樣得不到好結果嗎？聽說全中國又重新整個地進入到××的時期了……這就是說資本家和地主們要繼續壓迫下去！難道我們就沒有出頭的日子嗎？不，這是不會的！……礦山上的工友們現在怎麼樣了？待遇還是那樣的不好？工頭還是那樣的兇殘？那裡的組織又該怎樣了？還是和從前一樣地受壓迫嗎？……聽說隔縣裡已經聚了一千多農民，他們正式地和官兵對抗起來，也不知現在的情形是怎樣了……若這裡弄得不好，或者加入他們的一道去……

無數的思想波浪在他的腦海裡沸騰著。地下的他的影子跟著他在空場上走來走去，有時月光被雲塊所遮蔽了，那他便失去了跟著自己走動的侶伴。不知為什麼，一陣略微大一點的風送來了何月素的影子，於是他的心動了一動，接著便想起她的為人，她的聲音笑貌……「真是一個難得的姑娘！」他不由自主地從口中說了這麼一句。「但是她在愛著李杰呵！你有什麼資格可以愛她呢？你在發痴！」轉瞬間這種思想又把他的微笑著的心情變成憂鬱的了。忽然他吐了一口涎沫，狠狠地向自己罵道：

「呸！現在是什麼時候，你還想到這些不相干的事情！渾

蛋！」

　　身背後的腳步聲，打斷了張進德的一切的思想，即刻使他謹戒起來。

　　「進德哥！你還不睡幹什麼？」

　　聽見這是李木匠的聲音，張進德這才放下心了。他不直答李木匠的話，即時反問著道：

　　「你不睡覺走出來幹什麼？」

　　「媽的，不知為什麼總是睡不著。」

　　「為什麼這樣？」

　　「進德哥！你不知道……在我未當隊長以前，我覺著我自己還沒有……現在我覺得我肩頭上的擔子重起來了，到處都留起心來。今夜晚老是睡不著，生怕會有什麼岔子出來，所以我走出來看看……」

　　月亮突然衝破了雲圍，放出很明亮的光來。張進德很清晰地看出李木匠的臉上的很慎重的表情，不禁暗自想道，這是一個好漢子呵！……慢慢地將李木匠的手拉起來，張進德很友愛地說道：

　　「老弟！現在是睡的時候了。我們應當休息一下，明天，說不定，也許要和敵人開火呢。」

　　月亮微笑著將兩個人送進了廟門……

五十一

毛姑離開了以後，躺在床上的王貴才身上的熱度突然增高了。在半雲半霧裡，如沉沉地吃醉了酒也似的，他失去了大半的知覺。父親是怎樣地呈現著焦慮的面孔，母親是怎樣地掩面哭泣，他完全不知道注意到這些身邊的景象了。他覺得他飄浮在一種什麼渺茫的、迷濛的海水裡，被一種什麼醉了的熱空氣所熔解了也似的。他忘記了一切。

第二天早晨他似乎略微清醒一點。見著兩位老人的愁苦情狀，他明白了他是在病著，而且這病症似乎是很沉重的……他不禁伏著枕頭哽咽地哭泣起來了。他想起來了妹妹，想起來了離他而去的自衛隊……深恨自己害了這冤枉的病，無力地躺在病床上，不能和同志們在一起奮鬥，這倒是怎樣地倒楣呵，所以忍不住自己的眼淚。兩位愁苦著的老人家見著自己的兒子這般的情狀，便強裝做笑容來安慰他，可是他們不明白他的悲哀的原因，所以他們的安慰也就收不到相當的效果。

「毛姑呢，媽？」他明知道毛姑已經跟著自衛隊上山去了，可是現在不知被什麼一種突然的思想所推動，不自主地問了這麼一句。

「毛姑跟人家去了，等一兩天就回來。她臨去的時候叫你在家好好地安心養病呢。」

　　老太婆口中由苦痛而勉力說出來的謊言，無異是增加了他的病症的劣藥，於是他又昏沉起來了……

　　不知經過多少時候，一種兇殘的叫罵的聲音，將他的昏沉了的神志又驚醒了。他睜開眼睛來一看，見著滿房間立滿了武裝的人們，而立在他的床前的一個更為兇殘。只見他左手握著一支快槍，右手拿著一條皮鞭，像要即刻便要開始鞭打的模樣。貴才在他的左眉毛上面的一塊疤痕上，在他的一張大嘴上，認識出來這是胡根富的二兒子，這是胡小扒皮……在短促的驚異的時間之後，貴才明白了這是一回什麼事。他又將燒紅了的眼睛合上了，靜等著他的敵人對於他的虐待。一瞬間他本想爬起身來，狠狠地給胡小扒皮一個耳光，可是他病了，他沒有力，病了的身軀使他不能做有力的反抗。於是他決意以沉默的態度來對付他的敵人，「看你怎麼樣對付我呵！」他想。

　　「媽的，你裝死嗎？你這小王八羔子也有了今日！我看你現在還敢凶嗎？」

　　王貴才依舊沉默著，動也不一動。這使得胡小扒皮更加發起火來了，便狠狠的用槍柄向王貴才的大腿上搗了一下，隔壁的老太婆的悲慘的哭聲傳到他的耳鼓裡來了，於是他再也忍不住了，將眼睛睜開來罵道：

　　「胡小扒皮！我病了，沒有力氣和你說閒話。你要將你老子打死，就請你快些動手，別要這樣折磨人！」

　　紅漲著的眼睛恨不將立在面前的胡小扒皮吃掉！但是他病

了，他沒有力……「橫豎不過是一條命罷，」他想。只見兩眼射著凶光的胡小扒皮將手一招，發下命令道：

「把他拖出去！」

如野獸爪子一般的許多隻手將無力的病了的身軀拖下床來，接著便殘酷地拖出門去，拖到日光熱蒸著的稻場上……兩位老人家上前拚命地強奪自己的兒子，可是被野獸一般的人們推倒在地下，疼痛得抱著破傷了的膝頭，一時爬不起身來。就在這個時候，他們兩個聽見了啪的一聲槍響，接著第二聲，第三聲……

兩位老人家同時暈了過去……

眾人圍繞著血濺了滿地的，伏著王貴才的屍身，繼續著殘酷的，勝利的叫罵：

「這小子現在可不會再逞能了！」

「請他到閻王面前去革命罷！」

「媽的，這小子活像一個死了的烏龜。」

「你別說！這小子倒很聰明的，可惜不學好，鬧什麼鬼革命……」

武裝的人們，胡小扒皮領著頭，又開始到別的村莊上捉人去了，稻場上的空氣重新寂靜下來。也不知在什麼時候，天空中的太陽被一塊黑雲所遮蔽住了，使得大地呈現出陰沉的暗色。驚走了的稻場旁邊的兩株大樹上的烏鴉，重新回至自己的窩巢來，開始做著哇哇的哀叫……

五十二

三仙山位於群小山的擁抱之中，周圍岡巒起伏，風景絕佳，被人稱為名勝。曾在什麼時候，李杰為著三仙山的美名所誘惑，也曾想過來遊覽一番，飽一飽眼福。現在他是到了三仙山了。這三仙山的優美的景物，他有了儘量欣賞的機會。

但是李杰已不是先前的李杰了。先前的李杰企慕著三仙山，而卒未達到遊覽的目的，現在的李杰到了三仙山，可是他此番已不是什麼名勝的遊客，而是避險的戰士了。這三仙山對於他只有了軍事上的意義，此外什麼茂林修竹，什麼清泉峭石，已博不了他的注意。

在晴朗的天空之下，立在三仙山的半腰，已盡可以很清晰地看見那前面數里以內的景物。那小河的蜿蜒，那村莊的散布，那田野的碧浪……一一呈在眼前，歷歷如畫。李杰同著張進德和小和尚三人同立在一塊躺著的巨大的青石上，向前察看這三仙山左右的形勢，在什麼地方可以埋伏，在什麼地方可以預備著第二條下山的出路……那山腳下的優美的景物雖然也在李杰的目光之下，然而它們卻引起不了他的興趣。他這時所想到的只是怎樣防禦敵人，怎樣向前進攻，怎樣向後退守，偉大的責任心將他的一切閒情逸興都消滅了。

一直到現在還繼續穿著和尚衣服的小和尚（其實他現在是自衛隊的隊員，而不是關帝廟的小和尚了。）立在李杰的右面，好像他的小小的衛士也似的，這時看見那遠處一個什麼地方，用手指著說道：

「李先生！你看，那不是我們的關帝廟嗎？」

李杰搖一搖頭，微笑著說道：

「你弄錯了。關帝廟不是在那方向呢。」

「小和尚大概是有點捨不得離開關帝廟罷？老是這裡也是他的關帝廟，那裡也是他的關帝廟……」張進德笑著打趣小和尚，小和尚氣鼓鼓地反駁道：

「我有什麼捨不得關帝廟？關帝廟是我的金鑾殿不成？」

「不過我倒捨不得一個人，」小和尚沉吟了一會，這樣很淒楚地說道，「怪可憐的……」

「你捨不得哪一個？」李杰問。

「我捨不得王貴才……他待我很好……」

小和尚將頭低下了。李杰呆瞪著他那圓滾滾的和尚頭，如發了痴也似的，半晌說不出話來。可是他的一顆心很自責地跳動起來了。小和尚還記唸著王貴才，而他，李杰，王貴才的好朋友，反來忘記了，這豈不是渾蛋嗎？……但是他轉而想道，這也不能怪他，他的事務很忙呵！……但是他的病狀怎樣了呢？也許……也許他在床上不能行走，被來剿匪的軍隊捉去……

就好像有了確實的預感也似的，李杰忽然變了面色。張進

德覺察到了這個，急忙地問道：

「你，你是怎麼一回事呀？」

「沒有什麼，」李杰將心神鎮定了一下，搖一搖頭輕輕的說道：「我想起病在床上的王貴才……」

李杰將話剛說到這裡，小和尚忽然很驚詫地指著向他們這兒走來的一條上山的路上叫道：

「你們看！那是誰個這樣慌慌張張地跑上山來？好像有點認識……」

李杰和張進德順著小和尚手指的方向往去，果真有一個人慌張地向著他們走來。等那人走近了一點，小和尚帶一點歡欣地首先叫道：

「啊哈！這是王榮發老伯，你們看可不是嗎？」

跟蹌的老人家走至他們三人面前，已經是面色慘白，滿身流汗，沒有再說話的力氣了。只見他一跤撲倒在地下，喘著似乎要斷了的氣，半晌沒有動彈。他手中握著的是一條木棍，素來不離口的旱煙管，這時也不知道丟到什麼地方去了。李杰見著老人家的這般情狀，知道了一定地發生了什麼巨大的禍事，一顆心更加不安起來。他一時地不知如何措置，等到張進德和小和尚將老人家扶起來了坐著以後，他才驚顫地開口問道：

「是怎麼一回事，榮發老伯？」

老人家望著李杰，那淚水如潮一般，從他那乾枯了的眼睛流下來了……李杰覺得自己也好像流了淚也似的，用袖子揩一

揩眼睛。停了一會，老人家開始哽咽著說道：

「我的兒子……他們……把我的兒子打死了……他們將他從床上拖下來，活活地槍斃了……」

李杰覺得自己也立不住腳來，快要倒在地下了。他的幼年的好朋友，現在的勇敢的同志，居然很殘酷地死在敵人的槍下了，居然第一個首先犧牲了……

老人家繼續哭訴著當時王貴才被難的情形。他最後說，他的老婆也因為傷心太甚而死去了。他現在只剩了一個人。他愛他的唯一的兒子。他的兒子既然慘死了，他再也沒有別的希望。他決定跑上山來加入自衛隊，也許因為年老了不中用，可是他能燒鍋，他能打柴，或者做一點什麼小事……

一種巨大的憤恨將李杰的精神振作起來了。他走上前將老人家扶起，面對面地，好像如發誓一般地，堅決地說道：

「老伯！別要再傷心了！你來加入我們的隊很好。事情總是有你做的。我們要替貴才弟報仇！可是報仇的事情並不是一哭就可以了事的。」

「他們快要來了呵！」老人家揩一揩臉上的眼淚，這樣報告著說。小和尚捲一捲袖子，如就要對敵也似的，氣憤憤地說道：

「媽的，叫他們來就是！打死他們這些兔崽子！」

「老伯！」李杰最後說道，「天不早了，你還沒吃飯罷，我們到廟裡去吃中飯去。毛姑娘很好。如果她看見你來了，一定很奇怪呢。」

五十三

整個的三仙山為夜的黑暗所吞食了。天空中滿布著深厚的烏雲，間或從某處未合攏的雲孔裡，露出來一粒兩粒的微星。從天的西北角上傳來轟了的雷聲，也就在那裡閃耀著迅速的金光。氣候燥熱得很。大的暴風雨就快要到來了。

在進三仙山的路口旁邊，新造了一個小小的草棚，這就是自衛隊守山的崗位。黑夜隱藏了它的形象，如果不是裡邊有一星星的燈火，令得守崗的五個人還能相互地望著面目，那恐怕會要令守崗的人們自己也覺得是不存在的了。

同伴們在鋪著荒草的地下對坐著，寂寞侵襲了他們的心，如果不有談話來活動一下草棚內的空氣，那他們真要會感覺到不可忍耐的壓迫，說不定要逃出這個崗位也未可知。他們的年紀都不過三十歲，那一個坐在草棚門口的癩痢頭，看去也不過二十歲的光景。坐在他的右首的一個黑黑的面孔生得很結實的漢子，用手向他的肩頭拍了一下，笑著說道：

「癩痢頭！我真沒料到你現在變得這樣好了。李先生和張進德都很喜歡你呢。」

癩痢頭睜著圓而大的眼睛望著稱讚他的人，半晌沒有說話。後來他的臉孔轉向草棚門口以外，很平靜地，如自對自地

說道：

「事情哪有一定呢。我從前那樣也不是因為我生來就是壞胚子。我家裡也沒有田也沒有地，父親去吃糧去了，到現在還不見音信。剩下來我和我的媽媽。老太婆瞎了眼睛不能動。我有什麼法子想呢？所以我只有……」

癲痢頭止住不說了。眾人都寂靜地期待著他的下文。

「你說下去呀！」有一個催促著他說。他停了一會，忽然轉過紅了的面孔，向著大家很興奮的說道：

「你們以為我從前做小偷是樂意的嗎？我要養活我的母親，我要養活我自己，我不得不做這種事呵！可是這種事並不是容易做的。有一次我因為偷一隻雞，幾幾乎沒被兩條惡狗撕掉。有一次我被捉住了，打了一個半死。這是容易做的事情嗎？我曾經打了幾次的主意，媽的，決意不做這種事情了，可是，他媽的，幫人家幫不掉，不做小偷只得餓死。可是我想活著，我不願意餓死……我為什麼餓死呢？……」

眾人齊向他射著同情的眼睛。首先稱讚他的那個結實的漢子，這時點一點頭，如有所悟也似的，慨嘆著說道：

「癲痢頭！你說得不錯。就是因為不願意餓死的原故，什麼事都可以做出來。即如我何三寶在先喜歡賭博，人家稱我賭棍，其實我也是因為沒有法子才這樣。我又不是個豬，誰個不願意學好呢？如果我有田種，如果我不愁吃不愁穿，那我真願意做一個賭棍嗎？」

何三寶皺了一下眉頭，沉吟了一會，後來繼續說道：

「我本來是有田可以種的，只因為我的父親虧欠了胡扒皮的許多債，不得已只得將幾畝田賣給他了。我一家子就是被胡家弄窮了。我恨不得將胡扒皮打死才能出氣……」

「聽說胡扒皮的兒子胡小扒皮，」何三寶對面的一個面目很清秀的青年農人插著說道，「現在做了民團的什麼排長了呢。王貴才是他帶著人打死的。媽的，真冤枉！那一天晚上把他捉住了的時候，為什麼不把他送回老家呢？若是那晚把他送回老家了，倒免得他現在和我們做對。」

「我們的探子報告，說他們明天就要來打我們呢。」另外的一個缺著牙齒的青年這樣說。何三寶不答理他們的話，依舊繼續著自己的思想說道：

「現在我明白了。這個世界是太不平了！窮人也是人，本來可以過得好日子，可是有錢的人設了許多陷網，硬逼得窮人無路可走，媽的……」

「所以現在我們要革命了。」癩痢頭接著很堅決地說道，「我們一定要弄得人人都有飯吃，人人都有田種，不准不做工的人享受現成的福氣。我們怕的就是不齊心！如果我們窮人能團結起來，媽的，還怕他們什麼何二老爺，李大老爺！媽的，天王爺我們都不怕！」

一直到現在沉默著的躺在草地上的那個瘦削的漢子，忽然嘆了一口長氣，發出很悲憤的聲音說道：

「你們都說你們苦，可是你們不知道我比你們更苦呢！張舉人把我家的田強買了，將我的父親打了一頓，我的父親活活地氣死了。我的母親投了水……」

瘦削的漢子如喉嚨被什麼東西突然地塞住了一樣，很費力地嚥了一口大沫，停住不說了。眾人寂靜著，默然地望著他那副苦痛著的面孔，不料從他那深陷著的眼睛裡簌簌地流下珠子一般的淚來。

「你這傢伙是怎麼一回事？」癩痢頭急促地問他。他將老藍布小褂子的袖口揩了一揩眼睛，然後俯視著地下的荒草，依舊如哭著也似的模樣，繼續地說道：

「我發了誓……我要親手將張舉人殺死……可是這老東西已經死了……」

「哎喲！」癩痢頭笑起來了。「我道是怎麼一回事，原來是因為這個！你這傢伙真不濟事，動不動就哭起來了。他家裡的人還很多呢，有得你殺的……」

喀一聲巨雷，如就在他們的頭頂上響著也似的，即時將眾人驚怔住了。草棚被風吹得亂晃，使得坐在裡面的人們擔起心來。癩痢頭伸頭向外邊一望，依舊是不可衝破的黑幕籠罩著，望不見什麼影子。在雷聲和風聲過去了之後，忽然有一種什麼咻唧咻唧的聲音傳到眾人的耳朵裡，使得他們即時警戒起來。各人握好了武器，走出草棚以外，齊向路口那邊望去，見著離他們不遠的地方似乎有兩個人影子在挪動。

「誰個！」何三寶厲聲的問。沒有回答。兩個黑影子似乎有要逃跑的模樣，可是癩痢頭的槍聲已經響了。只聽哎呀一聲，有一個黑影子倒在地下，而另外的一個飛也似地逃出了眾人的視線。何三寶首先向目的物跑去，接著眾人都跟了上來。果然是一個人，是一個尚在呻吟著的人⋯⋯

將受了槍傷的拖到草棚裡以後，開始了一個小小的法庭。癩痢頭也不注意這人的面目怎樣，傷在何處，急於開口問道：

「你這小子，你快說你是來幹什麼的，若有一句假話，便送你去見閻王爺！」

「請你們別要打死我？我，我說實話就是了。我是民團派來當偵探的⋯⋯」

在驚神方定的眾人的面孔上，展開了勝利的微笑⋯⋯

五十四

從昨夜晚被捕的偵探的口裡，自衛隊得知來攻打三仙山的，並不是正式的軍隊，而是新編的民團。敵人的力量要比自衛隊大得兩倍，然因為是新編的民團，自衛隊便也就不將他們放在心上。在為著氣憤的火焰的燃燒著的情況之中，自衛隊的隊員們都表示著堅決的勇敢的態度。「媽的，殺下山去！怕什麼呢？」在這一種興奮的鼓噪的聲中，唯有李杰的態度照常地鎮靜著，不大輕於說話。經過長時間的思索之後，李杰忽然為歡欣所鼓動著了，發下了命令……

又是夜晚了。烏雲布滿天空，黑暗籠罩著大地。三仙山的面目被隱蔽起來了，敵人無論如何也得不了在三仙山上的動靜。將到半夜的辰光，自衛隊全體動員，悄悄地走下山去……這時駐紮在山腳下的敵人，因為日裡百般地進攻而不得逞，正在沉醉於疲倦的夢裡。忽然「殺呀！殺呀」的叫喊聲，嘩嘩啪啪的槍炮聲，就如山崩地裂了也似的，將他們從夢中驚醒了。有的爬起來就跑，然而受了傷，已經跑不動了。有的膽大一些的還拿起槍來抵抗，有的駭破了膽，伏著不動，胡亂地為斧頭或是刀所砍死了……

自衛隊的隊員們個個爭先，任誰個也不落後。李杰和著小

和尚一道，也和其他的隊員們一樣，拚命地向著敵人殺去。小和尚的手裡只一條和他身段長短差不多的木棍，不過這算不得他的武器，他的武器是滿衣袋子裡的爆竹，他拚命地將這些爆竹燃放著，在黑夜裡，這種聲音就好像槍炮的聲音一樣，在驚慌中的故人無論如何也辨別不出來。三仙廟裡所存著的爆竹，這爆竹是香客們敬神用的，今夜晚恐怕要用去了一大半。小和尚素來就喜歡放爆竹，而今夜晚放爆竹以恐嚇敵人，這對於他更是有興趣的事。

敵人退去了……在照耀的火把的光中，眾人看見許多敵人的死屍，有的受了傷，在地下躺著，呻吟著，不能跑動。獲得了很多的槍支。李杰見著這種勝利的情形，不禁歡欣無比，發下一聲凱旋的命令。不料在亂哄哄的人眾之中，在不知從何處發來兩響槍聲之後，李杰哎喲一聲倒在地下了。眼見得藏在黑暗的，為眾人所不覺察的地方的故人，這樣地看清了目標……

小和尚哭叫起來了。眾人圍繞著躺在地下的呻吟著的李杰，一時地如失了知覺也似的，都驚怔地望著，啞然不做一點兒聲響。又響了兩聲槍聲，接著又有兩個自衛隊的隊員躺下了，這時眾人才恢復了知覺，齊聲喊道：

「快些！快些！我們捉拿敵人呵！」

故人已逃跑了。在黑夜裡很難追尋敵人的蹤影。在四處搜尋了一番之後，眾人又重新失望地，悲哀地聚集起來。兩個受了槍擊的自衛隊員已經死去了。李杰還是正呻吟著。小和尚伏

在他的身上只是嚶嚶地，如死了他的親愛的人一般，很傷心地哭泣著。隊長受了傷了，他們的領抽……怎麼辦呢，啊？誰個也不知道怎麼辦！張進德一時地也為這巨大的打擊所震驚得不知所措，然而明白的思想終恢復了他的常態。他親自將呻吟著的李杰背起來，在前引著眾人，一步一步地走上山去……

留在廟中的三個女子和著王榮發，曾戰兢兢地將自衛隊送下山去，現在正戰兢兢地等待著自衛隊的回來。一一的槍聲，爆竹聲，叫喊聲，他們都聽得很清楚，他們的心境比身臨戰場的戰士們的還要不安。最後，立在廟門前的等待著的他們，終於見著自衛隊走上山來了。大概是打了勝仗罷，他們想。可是不見了李杰，不，李杰還在著，可是他不能走動了，而伏在張進德的背上……天哪，這是怎麼一回事呵！女人們哭起來了。

張進德將李杰放到床上躺著以後，他自己也就便坐在床沿上，兩眼瞪著呻吟著的受了傷的李杰，如中了魔一般，痴呆地說不出話來。小和尚跪著，伏著床沿，仍繼續嚶嚶地哭泣著，那悲痛的聲音會使心硬的人也會落下眼淚。給了眾人一個巨大的驚喜，李杰的眼睛漸漸睜開了。他已恢復了知覺。見著圍繞在床前的眾人，他苦痛著的眼睛漸漸紅起來了，然而他勉強著沒有流出眼淚。沉吟了好一會，他開始低微地說道：

「諸位同志！我怕不能活了……」

小和尚忽然握著他的手，哭著叫道：

「李先生！你不要死呵！你不能死呵！」

李杰略微搖一搖頭，充滿著苦痛地說道：

「我的親愛的小同志！小朋友！我要死了，我不能再和你在一道了……」

他的眼淚眼見得要隨著這種悲哀的聲音流出來時，可是他將眼睛閉下了。這時呆著的張進德，忽然如驚醒了一般，向前伸著頭，接著將頭擺了一擺，如哭了也似地說道：

「李同志！我們的事業沒有成功，你是我們的先生，你，你不能把我們丟開啊！」

李杰又慢慢地將眼睛睜開了。他向張進德沉吟了一會，聲音較先前沉重了一點，說道：

「進德同志！我料不到我今晚上就被敵人打中了。我不應當死，因為……但是這又有什麼辦法呢？你是很能做事的，同志們都很信仰你，我希望你此後領導同志們好好地，好好地進行下去……」

忽然李杰的面孔蒼白得可怕起來，他的眼睛開始射著異樣的絕望的光。這時正在和何月素相抱著的毛姑，好像感到李杰快要斷氣也似的，即刻如瘋狂了一般，將眾人分開，跑至李杰的床沿前跪下，一把將他的手握起來，顫抖地說道：

「李先生！李先生！你不能死啊！我不要你離開我啊！李先生！……」

從漸漸失去光芒的李杰眼睛裡，最後滴出幾滴眼淚來。他企圖著張一張口還說些什麼，然而未說出話之先，他的眼睛往

上一翻，即時就斷了氣⋯⋯

　　張進德慢慢地將頭低下來了。小和尚和毛姑緊緊地抱著痛哭起來。立在床前的隊員們，有的呆如木雞一般立著不動，有的低著頭用袖口揩著自己的眼淚⋯⋯巨大的不可盡度的悲哀裹住了眾人的心靈。不知從什麼地方吹來一陣陰慘的風，將搖晃著的桌子上的燈火吹滅了⋯⋯

五十五

　　第二天的清早，張進德親自帶領著劉二麻子，吳長興，李木匠和著老人家王榮發，在三仙山的半腰，找到了一所避風而前景開闊的地方，做為李杰和兩個隊員的葬地。山中也沒有現成的棺木，只得在墓穴挖掘好了以後，將三人赤著體掩埋起來了。

　　落著絲絲的細雨。天氣的陰淒符合著人們的悲哀的心境。在每個人的面容上尋不出一點愉快的痕跡來。然而沒有一個人哭。張進德說，在戰士的墓前只有堅決的誓語；而不應當做無力的哭泣。三位最親愛的同志死了，他們，還生存著的人們，應當發誓為死者報仇，應當完成死者的心願。不錯，唯一的領袖李杰同志死了，給了他們以重大的打擊，但是他們並不可以因此而喪氣，只要大家萬眾一心，奮鬥下去，那事情也是可以成功的……

　　在淒涼的半山坡下，新起了三堆的黃土。從此死者永遠無言地躺著了，但是生者的艱苦的路程還正長遠著呢。每一個人懷著酸楚的心情，每一個人起了對於前途命運的幻想。但是戰士們只有進沒有退，只有向前是出路，只有努力奮鬥是得到出路的唯一的方法。「同志們！我們在死者的面前發下誓

來罷！」在最後的張進德的喊叫之中，眾人不覺得忽然心神振作起來了。憤恨代替了悲哀，誓語代替了哭泣。向前呵，同志們！……

女人們也忍住了急於要流出來的眼淚。毛姑和何月素手攜著手立在李杰的墓前，很久很久地向那墓土瞪著，彷彿她們企圖著看見那已掩蔽住了的面目。然而她們是望不見那個親愛的面目了。最後何月素側過臉來望望毛姑，毛姑也側過臉來望望何月素。她們倆相互地看出各人眼中的深沉的悲哀，那悲哀不單是由於死了一個優秀的或是重要的同志，而且由於死了為她們女人們，所愛著的一個人。她們倆相互地明白了，各自無語地凄然低下頭來，然而這時充滿著她們的心的，不是愛情的嫉妒，而是一般的悲哀。

最後，眾人又重新回到廟內了。需要預備著新的戰爭，需要預備著新的力！死者已卸了責任，而這責任加上了他們的肩上。向前呵，同志們！……

唯有小和尚一個人還獨自立在墓旁，不願即行離去。等著眾人都離開完了以後，他向李杰的墓前跪下了。開始很鄭重地嘰咕著，如同往日在菩薩面前拜懺的一般。

「李先生！小和尚跪在這裡你知道嗎？你待我很好，我無論怎樣也不能忘記你。你被那天殺的什麼老八羔子打死了，我一定替你報仇，不報仇那我就辜負你老人家了。如果你會顯靈的話，千萬望你在暗地裡保佑我，我好找到那個天殺的混帳老八

羔子報仇呵……」

　　小和尚說到這裡，恭恭敬敬地磕了一個頭，不料就在這個當兒，他聽見背後有人說道：

　　「小和尚！你在這裡幹什麼呀？」

　　小和尚吃了一驚，回過臉來一看，見是手持著一大束野花的癩痢頭，便氣鼓鼓地立起身來問道：

　　「你管我什麼事情？」

　　「我只問你一聲，你怎的就這樣氣鼓著嘴？」

　　癩痢頭說著，將手中的一大束野花抖了一抖：

　　「你看，我找了這許多花來。」

　　「要這花幹什麼？」小和尚將氣略平了一點這樣問。

　　「你這小和尚真蠢！你不聽見將花獻在死人的墓前是頂雅緻的事情嗎？我跟李先生過了許多日子，他待我很好，現在他死了，我想，我也沒有別的東西來祭奠他，所以找了這許多花來放在他的面前，想他是很喜歡花的，一定在陰間稱讚我還有情義之分。你說可不是嗎，小和尚？」

　　小和尚被癩痢頭說得佩服之至，便也就在沉鬱著的面容上展起微笑來，說道：

　　「虧得你有這個心眼兒。我到沒想到。好，我也去摘一些來……」

　　絲絲的細雨還是繼續地飄著，但是地下並不見得十分潮濕。癩痢頭也不顧及腿上的汙得白色變成了灰色的褲子，照著

小和尚一樣地向著李杰的墓前跪下了……正在低著頭采著野花的小和尚，忽然聽見了癩痢頭的哭聲。「這小子倒很有點良心呢！……」他想。

五十六

　　那一夜晚的襲擊，雖然給了民團一個重大的創傷，可是不數日後，三仙山的腳下又增加了一連的軍隊。敵人的力量更加擴大起來了。雖然因為山路的險隘，敵人不容易攻上山來，可是想以現有的自衛隊的力量攻下山去，那也是不可能的事。

　　敵人取著圍困的策略，而山上的糧食快將告盡了……怎麼辦呢，啊？和敵人打罷，力量不夠；不打罷，那豈不是坐以待斃嗎？除開唯一的一條上下山的彎曲的道路而外，沒有別的下山的出路，因之也就沒有得到糧食的方法。如果敵人再圍困一禮拜的時間，那自衛隊一定都要整盤地餓死了。

　　怎麼辦呢，啊？隊員們都愁苦著，誰個也想不出救急的辦法。現在張進德是隊長了，同志們相信他，希望他，因此他應當想出一點什麼，然而飽和眾人一樣，什麼也沒想出來。在他的沉毅的面孔上，現在布滿了憂鬱的烏雲。他的眼睛雖然還炯炯地放著光芒，然而如果你逼近一看，那便要看出他那眼底深處的苦痛和焦慮來。但是悲觀的語句從來不自他的口中發出，因為他知道他自己的地位和他對於同志們的意義。如果他也表示悲觀起來，那更要餒同志們的氣，這就是說，同志們更要陷入絕望了。不，無論情形是怎樣的嚴重，境遇是怎樣的艱

難，他都應當鼓著同志們的氣，而這英勇的氣就是他們唯一的出路！

怎麼辦呢，啊？……張進德每逢聽到這個問題時，總是很鎮靜地說道：

「不要緊！我自有辦法。待我好好地想一想。」

但是表面的鎮靜總是壓抑不了內心的焦慮。他說他有辦法，其實他有什麼辦法呢？他什麼辦法也沒有！他是在欺騙著同志們，然而他想到，這種欺騙是必要的，否則，那也不知道要使一些孩子般的同志們弄到怎麼樣的頹喪的地步！他知道，他不應當欺騙同志們，然而有時候這欺騙也是必要的啊。

他很相信同志們的，這些簡單的鄉下人的勇敢和純潔，在他們的熱烈的憤恨之下，他們可以拚命，可以死。但是同時他也知道，要想從他們的簡單暴動著的腦筋中，尋出一個良善的方法來，那大半也是枉然。正因為這個，他感覺到自己在他們之中的重要。但是他現在也無法可想了！怎麼辦呢，啊？他的責任是引導他們走入生路，而不是引導他們去尋死路。尋死路那是很容易的，只要他發下一個命令殺下山去……

在日裡，在夜裡，他的思想沒有休息。無論如何，就是把腦殼想破了，也要想出一個脫出危險的方法來！今天焦急得不過，帶領著小和尚走上三仙山的最高峰，想借此將胸懷開闊一下，順便察看一下山前山後的情形。可是山後是絕壁千丈，沒有出路！……他隱隱地望見那百里以外的鄰縣境內的一帶蜿蜒

著的山嶺了。一種突然的思想使得他自對自地責罵起來：

「我這渾蛋！我為什麼將他們忘記掉了呢？」

「什麼事情呀，大哥？」小和尚驚異不解地問他，可是他為著突然而起來的思想所包圍住了，沒有回答小和尚的問話。他想起了，在那蜿蜒著的一帶山嶺之中，聚集了千餘人的如他們一樣的隊伍，占領了縣境的大半……

「就是這樣幹罷！」

最後他又這樣自對自地說了一句。在他的面容上眼見得展開了希望的微笑的波紋了。小和尚莫名其妙地驚瞪著他的奇異的表情，本待要開口問他，可是他已拉住了小和尚的小手，說聲我們回到廟裡去罷……

他即刻將自己的思想告訴同志們知道。他說，坐以待斃不是良策，而且他們孤單得很，一定要找一個出路。他說，這個出路是什麼呢？就是乘著敵人的不意，拚命衝下山去，去向金剛山入夥去，在那裡有很多很多的朋友……

誰個也不反對。這樣地決定了。在一種新的希望之中，在這要被離開的三仙山上，過著最後的一夜。

第二天的黎明。隊伍在雲霧之中悄悄地走下三仙山了。三個女人也改變了男裝，她們如普通的自衛隊的隊員們一樣。張進德怕她們有失，特地將她們列在隊伍的中間，並招呼她們前後的隊員們給以照應。

敵人的營壘擋著去路。要想逃出，那便要衝過敵人的營

壘。好在這時敵人都在睡夢之中，就是有幾個哨兵來往，也是暈頭暈腦的，沒精打采的模樣快要睡去。等到自衛隊將隊伍列好之後，張進德將手一揮，號令著一齊啞然無聲地衝向前去……

因為不預備和敵人對敵的原故，各人拚命地以逃出敵人的營壘為目的，所以並沒有響動槍炮。敵人的哨兵被殺死了。等到睡夢中的兵士們都醒來了而意識到是一回什麼的時候，自衛隊已衝過營壘了。可是他們並不放手，即刻追擊起來。每一個自衛隊的隊員都用盡所有的力量向前奔逃，毫不還擊。可是槍彈從後邊如雨點也似地飛來，有多少不幸的竟中了彈而殞命。

這樣一點鐘以後的光景，追擊的敵人漸漸落後得很遠了。槍聲也漸漸稀少了。但是眾人還不敢停留一步，仍繼續著向前奔逃。等到後來覺得已離開危險的境界了，眾人才漸漸地鬆起腳來。有的喘不過氣來，有的忽然倒在地下不能走動了……張進德發下了休息的命令。

在隊伍都聚集攏來了的時候，張進德點檢了一番：失去了十三個男同志，一個女同志何月素……他差一點要哭出來，然而他勉力地忍住了。這個時候不是表示悲痛的時候。

「我們三個人，」毛姑紅著眼睛發著哭音訴道，「本是一道跑的，何先生在起初跑得也很有勁。可是後來不知因為什麼，我們便把她丟掉了。我想將她找到，可是怕敵人趕來了，來不及……」

「她本來是一個文縐縐的小姐，怎麼能經得這樣拚命的跑呢？恐怕是……」

荷姐沒有把話說完便嚅住了。張進德低下頭來，想借此免去眾人看出他的紅了的眼睛，悲哀的表情。他所愛著的何月素死了……勇敢的女子……良好的同志……

忽然立在張進德旁邊的，精神奕奕的小和尚將他的手腕拉了一下，很歡欣地叫道：

「大哥！大哥！你看，那不是一個人歪歪地走來了嗎？那樣子好像……說不定是何先生呢。」

張進德的精銳的眼光判定那人不是別個，那正是他們適才所提起的何月素。歡欣充滿了他的身心，他即刻很快地迎向前去。是的，這是何月素，這是他們親愛的何月素！她的右腿上略受了一點微傷，因此她走路歪歪地有點費力。她的面孔為著汗水所浸淋了而且顯現著十分疲倦的蒼白。但是她的眼光仍是依舊地活潑，依舊地充滿著希望。見著張進德迎上前來，她不知為什麼，也許是由於過於歡欣的原故，忽然走不動了，一下子向地下坐將下來。

「張同志！我右腿受了一點傷。」她顫顫地說。張進德並沒答言，走上前去，用著兩隻有力的臂腕將她的微小的身軀抱起來了。何月素也不反抗，兩手圈起張進德的頸項。兩眼閉著，她在張進德的懷抱裡開始了新的生活的夢……